福安历史文化丛书

编委会

顾　问：金　敏　林小楠
主　任：吕增华
副主任：郑健雄　林　著
编　委：余　挺　李健民　罗承晋　郑　望

李健民 著

赛岐
纪事

图书在版编目(CIP)数据

赛岐纪事/李健民著. 一福州:海峡文艺出版社,
2015.12
　ISBN 978-7-80719-831-4

　Ⅰ.①赛…　Ⅱ.①李…　Ⅲ.①纪实文学－中国－当
代　Ⅳ.①I25

中国版本图书馆 CIP 数据核字(2015)第 282593 号

赛岐纪事

李健民　著		
责任编辑	李永远	
出版发行	海峡出版发行集团	
	海峡文艺出版社	
经　销	福建新华发行(集团)有限责任公司	
社　址	福州市东水路 76 号 14 层	**邮编** 350001
发 行 部	0591－87536797	
印　刷	福州凯达印务有限公司	**邮编** 350008
地　址	福州市金山橘园洲工业区台江园 6 号楼	
开　本	787 毫米×1092 毫米　1/16	
字　数	200 千字	
印　张	11	
版　次	2015 年 12 月第 1 版	
印　次	2015 年 12 月第 1 次印刷	
书　号	ISBN 978-7-80719-831-4	
定　价	48.00 元	

如发现印装质量问题,请寄承印厂调换

为历史留存记忆

金 敏

福安历史悠久、文化灿烂。三四千年前境内闽越族先民已过上狩猎、捕鱼、种植等刀耕火种的生活，并学会了制作各种陶器、石器。周时为七闽地域；秦汉属会稽郡；三国属吴罗江县；晋、南朝属温麻县；隋初属原丰县，后属闽县；唐武德六年（623年）属长溪县。唐末王审之开浚甘棠港（黄崎港，今白马港）后，赛江沿岸不断发展。宋代长溪流域的经济社会进一步发展。到了明清时期，福安的农耕经济达到历史的高峰。晚清同光以后随着"坦洋工夫"茶的走红，赛岐等地成为远近闻名的商业重镇，在闽东的经济发展史上占有重要地位。

宋淳祐五年（1245年），乡人殿中御史郑寀献诗理宗："韩阳风景世间无，堪与王维作画图。四顾罗山朝虎井，一条带水绕龟湖。形如丹凤飞衔印，势似苍龙卧吐珠。此处不堪为县治，更于何地拜皇都。"理宗御批"敷赐五福，以安一县"。福安因此得名，正式划出长溪县西北二乡九里建福安县。这一段佳话流传至今已有770年历史。

在数千年的沧桑岁月中，福安沉淀了浓郁的历史文化，自然与人文相得益彰。且不说开辟甘棠港、围垦三塘地、以诗定县治、文破八闽天荒、武抗金兵于襄阳、诗称南宋翘楚、抗击倭寇、保卫福安城等影响广泛的历史事件，也不说白云山、溪塔、虎头、棠溪等山水人文风光胜概，单单几年前被公布为历史文化名村的廉村（国家级，以下省级）、楼下、坦洋、晓阳等古民居建筑群，就令人赞叹。其中，有全国最多、最具特色的畲族村落，有规模宏大的古民居群，有中西文化合璧的宗教建筑群等。福安历史之悠久、文化之灿烂由此可见一斑。

福安有着丰厚的儒家文化积淀。自从唐代出了福建省第一位进士薛令之以后，福安人读书求学的风气就长盛不衰。南宋时期，理学大师朱熹等曾经到福

作者系中共宁德市委常委、福安市委书记

安讲学，从此学风日炽。此后各朝各代都有文化名人出现，对社会历史产生了深远的影响。受薛令之高风亮节的影响，福安人淡泊守志，而每当国家民族到了危难关头，必有死节之士挺身而出，像赵万年、陈最、郑虎臣、谢翱、黄钟、刘中藻等名士，马立峰、詹如柏等革命先烈，以其气壮山河、慷慨悲歌的气节，以对国家与民族的赤胆忠心，以对革命理想的崇高追求，挺立起福安人敢闯敢拼、永不言败的文化脊梁。

然而，时代更替，岁月沧桑，辉煌的历史很难留下一部完整无缺、细节详尽的实录，也不可能给我们留下一成不变的昔日场景。无数发生在这里的重要事件，我们只能从史籍方志的字里行间去找寻蛛丝马迹。无数活跃在这方热土上的先贤人物、仁人志士，我们只能想象他们的音容笑貌。无数百姓共创的生产方式、手艺绝活和生活习俗，我们只能通过口耳相传而得其大概。

福安因畲文化而包容，因茶文化而温馨，因古文化而淳厚，因廉文化而刚直，因红文化而激越，因改革开放而繁荣，因山水独具魅力而令人神往。福安乡贤张炯先生，在年过八旬之后写下的《廉村赋》有"处神州之海隅，气势豪雄；兼江南之秀丽，士风雅洁"之语。著名词作家魏德泮在《福天福地福安人》歌词中盛赞："山似绿宝库，海似聚宝盆，金山银海把我们滋养……"正因为福安这座城市有畲、茶、古、廉、红地域特色文化，有胸怀、有激情、有实绩、有魅力，才铸就了在宁德发展大局中挑大梁、走前头和在全省县域经济发展中的先行地位。

城市的魅力在于文化，城市的发展有赖文化。文化如光，照亮前程；文化如水，润物无声。只有融合了历史积淀与时代精神的福安文化，才能成为文化福安日新月异的力量源泉。因此，我们要坚持历史传承与现代创新相结合，传统特色和时代特征相融合，让历史文化和现代文明交相辉映，努力塑造"文化福安"形象，展现"福安文化"风采，使先进文化、特色文化成为福安城市之魂，成为促进科学发展加快发展的强大力量，成为"山水画廊、五福新城"的显著标志。

历史孕育了文化，文化反映着历史。研究、总结和借鉴福安历史，传承、创新和发展福安文化，是历史托付给我们的重任，也是时代赋予我们的神圣使命。《福安历史文化丛书》对福安历史文化进行了一次梳理、展示和彰显，对福安文化建设乃至经济社会发展将产生积极而深远的影响。

出好《福安历史文化丛书》这套书，有难度，有挑战，绝非易事。历史文化遗产，不论是存留于故纸堆中的，还是残存地上、沉睡地下的，要唤醒它们，使它们发出光彩，释放出深藏的能量，需要对历史的重新发现和解读。

诚然，福安历史文化源远流长，丰富厚重，仅凭一辑丛书难以承载它全部的内容，也无法诠释它所有的奥秘。深入挖掘、研究、整理福安历史文化，既是一项宏大、浩繁的系统工程，又是一项功在当代、利在千秋的基础工程。我相信，《福安历史文化丛书》这份文化大餐，定然能让广大读者更加全面深入地了解福安的辉煌历史，更加充分地汲取福安历史文化的优良传统和精神动力，以此激励全市上下为夺取全面建成小康社会的伟大胜利，实现中华民族伟大复兴的中国梦而不懈努力！

2015 年 12 月

目　录

第三章　近代繁荣

第四章　行会旧事

第五章　现代变迁

第六章　宗教场所

第七章　特色古村

卷首语

　　赛岐①是海峡西岸东北翼的一颗明珠,是福安市的骄傲。闽东第一大河长溪(赛江)从她身边流过,闽省海岸线最长的三沙湾距她只有30千米,中亚热带海洋性季风气候让这里一年四季都是郁郁葱葱。造物主慈爱的美意成就了赛江(白马港)两岸的锦绣田园和丽日彩霞,使之成为闽海的著名粮仓和人文渊薮;也给赛岐带来了无限风光和滚滚财源,成为海西宜居宜业的风水宝地。

　　这里位于闽东的地理中心、福安市的南部,沈海高速公路(G15)、国道104线、省道302线和吞吐量居福建省第四位的赛岐港(白马港)航道在此交汇,是闽东、闽北、赣东北、浙南重要的物资集散地。四通八达的水陆交通使赛岐成为闽东的交通枢纽,是海西环三都澳经济圈的重要组成部分。

　　赛岐有着悠久的历史和灿烂的文化。文物普查和考古单位曾在狮子头村金龙岗发现并发掘了新石器时代的文化遗址,把赛岐的早期历史定位在三千多年前的商周时期。唐五代时期,尽管福建东北部尚未充分开发,许多地方还处于莽荒状态,但赛江两岸已经很不寂寞,并且出现了一批早期的村落。

　　宋以后,随着北方南迁汉族的不断增加,赛岐及其周边进一步热闹起来。农耕经济进一步发展,赛江沿岸的围垦造田和山区开发达到新的水平。在耕读文化的氛围中,赛江先民取得了令人瞩目的成就,尤其是苏阳村更是创造了令人感动的科考传奇,足与上游的文化名村廉村相媲美,两村南北呼应,成为古代长溪沿岸耀眼的双子星座。

　　明清时期,赛岐及其周边地区的农耕文化达到历史高峰。村落星布,人丁兴旺,沃野连畴,物产丰饶。赛江在地方民生经济中的作用也日益凸显。明朝中叶,外郡商人就"不时驾驶双桅巨舰"进入赛江从事物资交流,"以福安而达建、延、温、处等郡,其水客不知几千百艘"。(明万历《福安县志》)

　　赛江习习的海风使这里成为中西文化交流的重要窗口。明朝末年,天主教越过重洋,开始在赛江沿岸传播,使这里成为闽东大地最早接触西方文明的地区之

---

　　① 这里的"赛岐"是一个文化概念,与现行区划的赛岐镇不完全相同。

一，也成为天主教第一位中国籍主教的故乡和海西天主教人口的主要聚居地之一。经过长期的磨合，如今这一来自欧罗巴的异质文化已经走出早期的"水土不服"，成为区域多元文化的一个组成部分。

近代以来，赛岐凭着优越的地理区位迅速崛起为福建东北部的经济重镇、航运中心和著名商埠。清咸丰三年（1853年）清廷开放福州为当时中国唯一的茶叶外销口岸以后，赛岐成为以闽红坦洋工夫为代表的"北路茶"的主要起运码头，开启了闽东百年海上茶叶之路的光辉历程。茶叶的集散和商贸往来进一步促进了赛岐的航运业和港口经济的发展。赛岐的经济影响力辐射到闽浙边地的政和、庆元、景宁、泰顺、周宁、寿宁、柘荣等县（区），"闽东各地货物，多由此进出，商业之盛，俨如大邑"。

据民国文献载，民国22年（1933年）福安"全县商店总数达1200家，不可谓不盛矣。"其中县城有商店200余家，商店之种类以布店、咸鱼商店为最多，杂货店次之，粮食店又次之，其他商店如药店、书坊及各种工艺店，如制面、制香、铁店、铜店、木器店、竹店等俱备。此外，下白石有60家商店，穆阳、上白石、溪板（柄？）、阳头等地"其商店皆各达百家以上"。但是，"重要市集首推赛岐，全县出入之货均集散于此，全市商店达130余家，批发号有6家，规模之大，远在县城之上。"（民国22年交通部业务司调查科《京粤线福建段沿海内地工商业物产交通述要》）

中华人民共和国成立以后，在计划经济时代，赛岐是闽东北经济区独一无二的物资储运中心。改革开放以后，赛岐中转批发市场的地位与作用有所减弱，但总体上说，仍不失为闽东地区商品流通的一个主要集散地。1996年赛岐被国家建设部列为全国小城镇建设试点镇，2001年被福建省列为经济发展重点镇。2010年福建省人民政府将赛岐列入第一批综合改革建设试点小城镇名单，成为福建省首批22个综合改革建设小城镇之一。2014年赛岐镇入选福建省首批15个"小城市"培育试点。

赛岐厚重的历史积淀和精彩的港口工商文化是福安和闽东人民共同的财富，准确、生动地讲述这些故事，科学、完整地记录这些过往珍闻都是非常必要、非常有意义的。在急剧的现代化进程和社会转型中，许多美好的事物正在或者已经悄悄地离我们远去。为了让优秀的传统在新的世纪能够延续，让生活在城市化进程中的新生代对昨日星辰也能保有必要的记忆，让今人和后人在既存的脉络中能够不断获得智慧和启迪，抢救历史人文，留住文化根脉，已是当务之急。

　　《赛岐纪事》从地理交通、历史沧桑、近代繁荣、行会旧事、现代变迁、宗教场所和特色古村等方面叙写赛岐，多维度展示赛岐富有个性的地域风貌和人文传统。为了照顾不同层次和不同需求的读者，本书在学术优先的前提下，注重知识性与可读性的统一，尽量写得简明些，通俗些，生动些，力求做到文质兼备、雅俗咸宜。

　　文化软实力是一个国家综合国力和国际竞争力的重要组成部分，是与经济实力、科技实力、国防实力等硬实力相互影响、相辅相成，是国家核心竞争力的重要因素。在这样的语境中，区域文化也受到了人们前所未有的关注。人们开始由教科书上的"大历史"走进深藏在各地却充分展示民众生活实态、异彩纷呈的"小历史"，而且成了时尚；于是地域文化研究成了社会科学领域的重要课题，乡土风貌和人文传统成了各地珍贵的文化资源；神州大地，城镇乡村，"各美其美，美人之美，美美与共，天下大同"（费孝通语）成为历史的潮流。

　　逝者如川，奔流不息。当前，赛岐人民正集中精力进行富有特色的新型城镇化建设，赛岐的面貌也正在发生前所未有的变化。在这样一个伟大的进程中，我们必须清醒地认识到，人类的进步不能只是经济的发展，新城镇的建设也不能只有高楼大厦。笔者希望这本书能够引领读者走进历史的深处，从多个方面比较深入地理解赛岐，回味江上白帆和瓦舍炊烟的温馨，感受山海交织和多元文化的魅力，在"发展智慧城市，保护和传承历史、地域文化"的新型城镇化建设中发挥应有的作用。

第一章 地理交通

一 山川形胜

赛岐镇位于福建省福安市中部偏南的赛江之滨，地理坐标在东经119°39′–119°46′、北纬26°53′–27°1′之间，与罗江街道隔江相望，东北西南四向分别与福安市的松罗、溪柄、溪潭、甘棠、下白石、湾坞、溪尾等乡镇毗邻。年均气温19.1℃，年降雨量1350–1542毫米，无霜期平均297天。镇区所在地是长溪干流与穆阳溪（古称廉溪）汇合处的冲积小平原，临江滨海，气候温润，是一个宜居宜业的好地方。

1. 闽东第一江河

赛岐身边的赛江，其上游交溪（富春溪）和穆阳溪都是长溪的一部分，两溪汇合成赛江，交汇处称"三江口"。

长溪是闽东的第一大河，全长171千米，总长868千米，流域面积5638平方千米。长溪的源头在浙江省，主要部分在福建省的福安市。清初顾祖禹的《读史方舆纪要》："长溪……源出浙江庆元县界，自东北来者为东溪，自西北来者为西溪。二溪汇流为交溪，又东南流为长溪，绕流县郭，亦谓之环溪，又东南入州境达于海。远近诸溪涧水悉流合焉。《志》云：县南境有三港口，自三港口而下，为苏江、六印江、甘棠港、芭蕉洋、古镇门，皆江也。出古镇门则为海，自三港口而上，则皆溪矣。"①这里所谓"三港口"就是今之三江口。

---

① 清·顾祖禹《读史方舆纪要》卷九十六《福建二·福宁州·福安县》。

古籍对长溪的叙述反映了当时人们对相关地理的认识水平，采用分段方式命名，突出了溪河经过的村落，丰富了文化内涵，但由此产生了一大堆名称，让现代人有点应接不暇。为了科学地认识和指称长溪，现在一般将它分为三个部分。

上游是两条分别称做东溪和西溪的支源。东溪发源于浙江省平阳县下庄桥（《福安市志》第99页），西溪发源于浙江省庆元县举水；东溪长94千米，西溪长103千米，根据"河源唯远"原则，西溪是正源。两条山溪入福安境后东溪流经范坑、上白石、潭头，西溪流经社口、城阳、坂中，两溪在湖塘坂交汇，然后继续向南奔流。

长溪水系福安段示意图

从湖塘坂到赛岐三江口这一段叫交溪又叫富春溪，是长溪的中游。流经坂中、韩阳、城阳、溪柄、赛岐等乡镇，其中经过阳头（阳头即《读史方舆纪要》的所谓"县郭"）这段又称"环溪"。这一段溪流有36千米，河床开阔，水势和缓。交溪在溪柄厱山汇合了源于柘荣县的茜洋溪（古称大梅溪），继续南流。

长溪的下游叫赛江，从赛岐三江口开始一直到下白石的白马门（古称古镇门），共32千米，流经赛岐、甘棠、湾坞、下白石等乡镇。"三江"之一的穆阳溪是长溪最大的支流，其干流源出政和县镇前，进入福安境后流经康厝、穆云、穆阳、溪潭、赛岐等乡镇，在廉首与交溪合流。合流之后，水势浩荡，直奔大海。

2. 闽海黄金水道

赛江既是长溪的下游，又是三沙湾的一个天然港道。从三江口到白马门这一段水域，就河流来说，名为"赛江"，就海港而言，名为"赛岐港"，也名"白马港"；它有两个作业区，分别称为"赛岐港"和"白马港"。在实际使用中，由于语境不同，"赛江"、"赛岐港"和"白马港"在指称上常常各有所侧重。

白马港，古称黄崎港、甘棠港。港道东岸多基岩陡岸，西岸是海积平原，年均盐度16‰，透明度约0.4米。半日潮往复流，涨潮流向北，落潮流向南，流速2-3节，年均潮差5.3米。

闽东沿海潮汐类型属正规半日潮，即在一个太阳日内发生两次高潮和两次低潮，每一潮周期历时约12小时25分钟。赛江潮汐一天内两次潮的高度几乎相等，涨落潮的时间也差不多长。大潮潮差6-7米，小潮潮差3-4米。正常月最高潮位在农历初三和十八前后，正常年最高潮位在农历八月、九月的初三和十八前后。

赛岐港（白马港）素有"黄金水道"之称，水域自三江口的旧赛江糖厂起至白马门的白马角止，面积5508万平方米，岸线长68.5千米。该港的两个作业区目前共有21个港口泊位。赛岐作业区由上岐头至赛岐客运码头，南北长2千米，东西宽0.6千米，面积1.2平方千米，水深5米以上，底质为淤泥；下白石作业区由赛下小港至岐后鼻，宽约0.6-2千米，水深5-16米，底质为泥沙。5000吨轮可乘潮抵下白石港区，千吨轮可乘潮达赛岐港区。[①]

赛岐港是闽东规模最大、设备配套最齐全、吊装能力最大、装卸效率最高的港口之一，港口吞吐量居全省海港第四位。是闽东的中心港口，为国家一类开放口岸。港内设有闽东轮船公司、福安市航运公司、富民海运公司、市轮船公司等水运企业20多家。赛岐港所在的赛江还是中国民营船舶修造及二手船交易中心，是福建省三大船舶修造基地之一。

赛江奔流

① 《福建省海域地名志》，福建省地名委员会、省地名学会1990年编印，第360、391页。

3. 锦峰·绣野·江岸

赛江及三江口两岸，锦峰绵延，平野绣错，是闽东最丰饶、秀美的区域之一。

三江口的西北侧是洞宫山脉的终端，东面和南面广袤的山野是太姥山的余脉。总体地势东高西低。东部山区有66座山丘，其中海拔在700米以上的山峰有3座：天地冈781米，松林后732米，石狮冈707米；[①]中部丘陵海拔多在100-200米之间。全镇山地面积5840公顷，蕴藏着丰富的自然资源，有林地2200公顷，是一个绿色的宝库。

三江口东岸的小平原是溪流冲积和人工围垦的伟大作品，这里物阜民丰，族兴丁旺。长溪干流南流到田坂村向东来了一个巨大的转弯，紧接着在㠇山村向西又来了一个急转弯，两度急速改变水流方向带来了大量的泥沙；再加上穆阳溪在这里与长溪干流汇合，缓冲了南下的流水，也裹挟了许多泥沙。这些泥沙沉淀下来，形成了一个三角洲，成就了苏浦头（今名狮子头）、宅里、赛里、下浦等地连片的沃野。

赛岐周边辽阔的濒江大地吸引了许多先民到此定居。为了保卫自己的家园不受潮水和山洪的侵害，同时也为了扩大可耕田园的面积，先民们就沿江筑起了堤坝。杨厝族谱记述：其祖杨良光宋时肇迁本地，"睹此平原之地突起大屿，遂倚屿而卜居之，名曰屿崇，筑堤成田，岁以增赋。居数年，得以人安物阜；历数世，人丁蕃衍。右畔之深湖渐浅，门前之涧水左出，成一美俗也。"[②]可知今之杨厝地旧名

赛岐及周边地势图（截图）

---

① 《福安县地名录》，福建省福安县地名办公室1982年编印，第186页。
② 杨永福、永宗、永旦《重修族谱跋》（清雍正八年，1730年），杨厝《屿崇杨氏宗谱》嘉庆十五年（1810）年重修本。

屿崇（嘉庆十五年即 1810 年前曾名屿头、屿安）。当然，赛岐周边沿江"筑堤成田"的肯定不止杨厝一族一处。

赛岐南面的赛江沿岸，是闽东最早开发的地区之一。经过先民几百年不断的辛勤围垦，形成象环—苏阳—长岐沿江带状小平原。这里是现代种植农业的发达地区，举目所见是一片锦绣田园。

赛岐镇现有耕地 1420 公顷，其中水田 1100 公顷，旱地 252 公顷；山地面积 5840 公顷，林地面积 2200 公顷。改革开放以来，赛岐大力发展特色农业，使这里粮丰林茂、五业兴旺，成为远近闻名的花果之乡。

赛江沿岸各村乡亲对赛江充满感情。各村名称除"本名"外，还多有一个嵌有"江"字的"别名"。如廉江（廉首）、罗江（罗家巷）、象江（象环）、苏江（苏阳）、棠江（甘棠）、塘江（外塘）、长江（长岐）、盘江（大盘）、徐江（徐家塘）、凤江（凤墺、即湾坞）、藤江（藤头，顶头）等；后来一些"别名"衍为"正名"，如罗江、徐江等。

赛江有悠久的造船历史。从早期造船寮到造船小组，到造船厂，再到现代船舶企业；从建造古老的木帆船到机动船，到钢丝水泥船，再到现代多功能、高科技远洋巨轮；赛岐的江岸见证了福安造船业发展壮大的全部历史。赛江造船人怀着强国富民的蓝色梦想，在现代化进程中实现了华丽大转身，使这里成为福建省重要的船舶修造基地之一。

2013 年，从赛岐直到白马门共有船舶企业 37 家，其中位于今天赛岐镇区划范围的有 11 家。这 11 家民营船舶企业都分布在赛江的东岸：

福建省长兴船舶重工有限公司，赛岐镇长岐村；

福建省南方船业有限公司，赛岐镇青江村；

中宁（福建）船舶有限公司，赛岐镇苏阳村馒头山；

福安市赛江造船厂，赛岐镇长岐村；

福安市长岐造船厂，赛岐镇长岐村；

福安市赛岐船舶修造厂，赛岐镇长岐村；

福建省赛江船舶拆解有限公司，赛岐镇长岐村；

福建省宏港船业有限公司，赛岐镇长岐村大塘尾；

福安市长宏船舶工程有限公司，赛岐镇下长岐村；

福安市泰辉船业有限公司，赛岐镇小盘村；

福建省闽东赛岐经济开发区申银船舶工程有限公司，赛岐镇江兜村。

二 名胜特产

风景名胜和地方特产最能引发游子的思乡之情。几百年以来，不管赛江两岸发生了怎样翻天覆地的变化，对赛岐乡亲来说永远不能忘怀的是那奔流不息的赛江，巍峨挺拔的鳌峰，令人牵挂的江心石牛，还有绵绵的蜜沉沉酒……

1. 名胜风景

（1）名胜集锦

爱乡恋土是人之常情。对乡民们来说，本乡本土，无处不风景，比比皆名胜。于是许多地方就有了"四景""六景""八景""十景"，甚至"十二景""二十四景"的说法。

赛岐及周边许多族姓的宗谱都罗列了本族周边的风景名胜。举例如下。

詹厝詹氏宗谱的"十二景"：赛岸神宫，慈林禅室，赛潮涌雪，鳌峰吐日，三江石牛，濯缨池，纱帽石，八角井，仙女泉，笔架山，钵盂峰，文公观。

王厝王氏宗谱的"十景"：鳌峰山，眠石牛，双印屿，捕鱼声，远泉井，纱帽石，半月池，运木歌，收蘯火，白鹤屏。

苏浦头陈氏宗谱的"十二景"：龙山耸翠，狮岫凝岚，鹤岭云栖，鳌峰雪霁，石牛眠水，金蟹喷珠，印屿浮烟，榕窗漏月，渔舟响板，蘯火杂星，方塘屏竹，曲径盘松。

廉首张氏宗谱的"八景"：鼍峰耸翠，炉案含烟，池塘夜月，榕树春莺，潮浮银带，山隐玉轮，龙舟竞渡，渔板齐敲。

长岐尤氏宗谱的"八景"：长江晚照，屏嶂朝云，莲峰晓日，虎岫明霞，双龟献瑞，五马行春，疏林月影，渡口渔灯。

（2）四景吟咏

尽管赛岐乡亲对本地名胜风景的说法很多，但"公共点"和"共识"还是有的。下面选择的四例便是，并都附有古人的吟咏诗作[①]，让现代读者也能体会当年的光风霁月和焕彩彤云，感受先辈文人的风雅和情趣。

---

① 以下 4 首配诗原载《赛江詹祠宗谱》，民国 17 年重修本。

巍峨的鳌峰

赛潮涌雪 即赛江涨潮时的潮涌景象。每当农历初三和十八前后的夜晚，四野静谧，赛江"潮汐澎湃，泛涨飞涛"，蔚为大观。若遇农历八月、九月的初三和十八前后大潮，"江涛拍岸，卷起千堆雪"，更是壮观。

> 一江潮送雪山倾，万顷银涛漾月明。
> 倘欲乘风飞万里，好从此处问长鲸。
>
> 【清】郭振封

鳌峰吐日 鳌峰位于赛岐镇区东南向，主峰大冈头，海拔660.2米，是福安下半县乡亲心目中的名山。古人称之"为都内最高峰，形如鳌背擎山，故曰'鳌峰'。层峦叠嶂，矗倚云霄，登绝顶，俯瞰下方村墟如蚁屋，江帆下上，恍惚叶浮水面……丘壑玲珑，藤萝阴翳，亦祥林之胜也"。（《赛江詹祠宗谱·名胜》）鳌峰离镇区又不太远，是登山观日的好去处。每年农历九月初九，这里都要迎来许多登高庆重阳的人们，此俗保持至今。

> 东望层峰腾旭日，团团火镜照天衢。
> 偶然睡起蒙眬眼，疑是神鳌吐宝珠。
>
> 【清】郭振封

鳌峰山顶的"通天路"

纱帽奇石　"纱帽石"位于老镇区与赛里村之间，因形似古代官员的乌纱帽而得名。国人有崇拜"富贵"的传统，这顶石头的乌纱帽也顺理成章地受到人们的礼赞，至今仍为乡人津津乐道。下面这首诗作把"纱帽"想象为将军之冠，从而产生了与众不同的意象。

> 将军何事脱雄冠，吹落天风下翠湾。
> 想见领头飘燕虎，[①]至今风雨不摧残。
> 【清】王建治

三江石牛　景点位置原在上岐头江心（今赛岐大桥下），是一组乌黑的礁石。古人称其为"眠牛石"，"望之若牛眠，遇秋时飓风大雨，江流激石，鸣声远闻，居人卜之以防避水患"。[②]1988 年修建赛岐大桥时因施工需要，把桥墩建在这些"牛"身上，使"三江石牛"景观不复存在。赛岐乡亲观"三江石牛"为"神牛"，还流传许多关于它的故事。传说很久以前赛江原本只是一条小溪，不知何时来了一群怪牛，在上岐头的溪河里不断滚打嬉闹，结果小溪变成了大江。此后怪牛的折腾依然，捣鼓起江中的涛浪，淹没田园，给百姓带来灾难。后来有高僧用铁钎拴住牛鼻，将怪牛钉锁在江中。日久天长，怪牛变成了石牛。据说这些石牛很有灵气，每当洪水将至，石牛便发出响声示警。（林文培《漫说赛岐》）

> 巍峨片石赛江中，为认牛眠昼夜同。
> 不识耕夫何处去，渔翁日问牧谁童。
> 【清】郑殿遴

2. 地方特产

一般地说，地方特产是指带有一定的地域特色的或某一地区（地方）特有的产品或品种，其中包括食品、工艺品、农林产品或加工产品等。民国时期，茶、木、纸、笋、糖、豆、麻、竹、烟叶、桃、李、柿、香杨等为福安县的特产，此外"福安产樟木颇多，大者可十围"。[③]

---

① 《后汉书·班超传》："（班）超问其状，相者指曰：'生燕颔虎颈，飞而食肉，此万里侯相也。'"后以"燕虎"形容相貌威猛。
② 清·陈春培《赛江十景篇》（光绪六年），见《赛江芳山王氏宗谱》。
③ 张研、孙燕京主编《民国史料丛刊》第371册，第74、205、302页，大象出版社，2009年。

福安名产蜜沉沉酒商标

赛岐是一个特产丰富的地方。除了以上福安特产,近数十年单就水果来说,赛岐就有巨峰葡萄、晚熟龙眼、惠园橄榄、东魁杨梅等。由于土肥水美、自然条件优越,赛岐产的以上果种品质好,数量多,远近闻名。每年收获季节,外地客商汇集于此,果业公司和果农家里都是门庭若市。

此外,蜜沉沉酒也是赛岐的特产。

蜜沉沉酒属于黄酒的一种,选用上等糯米经特殊工艺酿造而成。据说此酒始于清朝乾隆年间,迄今已有300余年历史。赛岐酒厂生产的蜜沉沉酒色如琥珀,清亮透丽,醇香浓馥,甘甜如蜜;饮用后回味绵长,沉沉若醉。酒液富含营养,具有舒筋活血、滋补强身之功效。1965年"蜜沉沉"被评为福建名酒,名入《中国名食谱》。1980版《辞海》将蜜沉沉酒和坦洋工夫红茶同列为福安特产。

除了以上这些,赛岐还有两样别处罕有的物产,就是流蜞和签鱼。

"流蜞"学名疵吻沙蚕,又名禾虫,"流蜞"是其俗名,是环节动物门沙蚕科的一种,通常栖息于沿海或河口的浅滩上。流蜞身体扁平,须状肢,比蜈蚣体形略小,软体,有红绿色条纹,是自断自生的环节动物。流蜞生长在赛江边的低壤水田,随流水在稻田流动。每年中秋时分是流蜞的繁殖季节,农历八九月流蜞成熟,最为肥美,半夜会从泥里钻出来活动。赛岐农人在秋季农历初三、十八大潮前,用"流蜞档"(细竹篾编成的网袋状工具)套在田埂的出水口捕获。流蜞蛋白质含量非常丰富,而且产量少、价格高,被誉为"江边的冬虫夏草"。在闽东,赛岐是少有的流蜞产地,"流蜞煎蛋"是一品色香味形、营养价值皆属上乘的特色菜肴。赛岐周边许多族姓宗谱所载的"蟊虫"就是"流蜞"。如《赛江芳山王氏宗谱》载:"族前田野有'蟊虫',食禾根,至秋满足,乘潮溢田而出,农人夜时布网收

"流蜞"

"签鱼"

之，遍野火光灿烂。""夜火收蟊"是赛江富有诗意的情景。以下是古人对此尤物的吟咏。

《蟊虫杂星》（清·陈莘野作，见《苏浦陈氏宗谱》）

> 收蟊夜火自何年，遍作繁星落九天；
> 却怕倾囊羞涩否，候门稚子未曾眠。

其二（清·陈桂森作，出处同上）

> 夜火收蟊散四空，明星错杂水天中；
> 潮汐月斜人归尽，浦口渔灯几点红。

《收蟊火》（清·陈春培作，见《赛江芳山王氏宗谱》）

> 一带平畴万顷田，收将蟊贼足丰年；
> 夜来燃火千畦集，散作明星落九天。

"签鱼"的中文学名叫凤尾鱼，别称鲚鱼、彩虹鱼等，是一种洄游性小型鱼类，属名贵经济鱼类。其体貌尖细窄长，尾部分叉形如凤尾，故名。这种鱼平时多栖息于外海，每年春末夏初则成群由海入江，在中下游的淡水入口处作产卵洄游，成为人们渔捕的对象。赛江上游的白鹤潭、苏浦头江面产此鱼，"签鱼"是当地的土名，也叫"黄鲜鱼"。赛江签鱼身圆尾短，刺软肉嫩，呈黄色，与别处产的身扁尾长、刺利色白的白鲜鱼不同。关于这种鱼的由来，赛岐民间有一个传说。唐朝大顺年间，廉首后山修建慈云寺，工匠们辛苦劳作，可是每天素食让他们个个手脚酸软、浑身乏力。眼看要影响工期，当家老和尚就到佛堂求签。签诗指示，寺僧用竹篮子盛装刨花，没在水井中浸泡七七四十九天，便可变出鱼来让工匠们开荤。可是急性子的小和尚提前把篮子从井中提出，结果刨花木屑虽然都变成了鱼，可是条条都是身大尾小。由于此鱼系求签而得，所以称为"签鱼"。[①]

---

① 林文培《漫说赛岐》，福安市委宣传部《诗意福安》第89页，海峡文艺出版社2005版。

三 水陆通衢

赛岐地处"溪尾江头",沿长溪上溯可及腹地山溪,顺水下行可达浩瀚大海。地理优越,交通便利,自古以来是福建省东北地区的水陆交通枢纽和重要的物资集散地。

1. 内河交通

(1) 长溪航道

福安一邑,因得长溪之利,旧时内河运输十分发达。

宋淳熙《三山志》云:"官井洋港……潮,东至白沙,西至廉首……白沙溪船至斜滩,廉首溪船至缪洋(穆阳)。"[①]这里的"官井洋港"指今赛岐三江口一直到三沙湾官井洋的漫长水域,尽管宋代赛岐尚未崛起,但不失为内陆腹地通江达海的必由之地。

清光绪《福安乡土志》:"各溪行船。试自白马江溯流而上,东溪至沙坑止;西溪至斜滩止,平溪(即交溪)与东西溪同。大梅溪(即茜洋溪)至庶山止,由猪姆潭上至秤阳(茜洋)皆行筏。廉溪(穆阳溪)至苏堤止(原注:由苏堤而下则可至穆洋,上则可至青草渡),唯下房(下逢)一水,船不可行耳。"[②]记述了清代福安长溪主流和各支流,只要稍微开阔一些的河道,

富春溪水运图(原载道光二年《澜江薛氏宗谱》)

---

① 宋·梁克家《三山志》卷六《地理志六·海道》。
② 清·周祖颐《福安乡土志》卷二《地理部·诸水门》。京师京华书局光绪三十一年刊本。

皆可行船。地处"溪尾江头"的赛岐码头，其繁忙程度可想而知。

旧时长溪两岸的内陆各地，无论是物资运输还是人员往来，都离不开长溪水道。民国时代，长溪水道有 46 公里可通航小汽船，有 136 公里可通航民船。[①]赛岐是重要的起始点和中转站。

三江口以北的长溪主航道，可分为几个段落：

三江口至黄澜段，15 千米，河床以泥沙为主，受潮汐影响较大，通航能力较强，20 吨位的木船可以乘潮行驶；黄澜至化蛟段，4 千米，河床以卵砾沙为主，4 吨位的木船可以通行；化蛟至阳头段，9 千米，溪面宽阔，可行驶 2.5 吨位的木船；阳头至湖塘坂，溪路也比较宽敞；湖塘坂以上，东溪至上白石沙坑，西溪至社口和寿宁县的斜滩，河床以卵砾沙为主，河道曲折，滩多流急。旧时阳头是重要的转运码头，其上游的船统称为上溪船，因溪谷水浅，载重量一般在 1 吨以下。上溪船一般到阳头码头换船，阳头船载重量一般是 2.5 吨。

三江口以西的穆阳溪航道，长 22.4 千米，可分为两段。三江口至洪口段 7 千米，河床以泥沙为主，受潮汐影响较大，40 吨位的木船可以乘潮行驶；洪口至穆阳段 15.4 千米，卵砾沙质河床，滩多流急，可通行 1 吨左右的小溪船。穆阳溪航道原可达苏堤，后因河道淤积严重而废用。

三江口以南的赛江白马河航道，长 35.3 千米，可分为两段。三江口至国泽航程 8.3 千米，低潮水深约 2 米，锚地水深约 4 米，1500 吨级轮船可乘潮进港；国泽至白马门 27 千米，航道水深 6.4 米，锚地深 8 米以上，5000 吨级轮船可乘潮抵下白石。旧时原称三江口至国泽水道为赛江，国泽至白马门水道为白马河；1980 年代后，一般将二者统称为赛江或白马港。

（2）赛岐码头

旧时赛岐的码头集中在北大街和中兴街（1960 年代后合称和平街）的临江处，从今和平街码头（又称"大座头"）向北到上岐头，共有 4 个小码头，供各地木船停靠用。1970 年代后，随着木船数量的减少，和平街江边的旧码头多不再使用。现有的赛岐港区码头有 3 个，确保长溪内河到白马港航道的运行。

赛岐民船码头 位于和平街江边，沿用历史上的旧码头，上游各溪河下来的民船多在此停泊。

---

① 福建省政府统计室《福建省经济统计手册》第 118 页，民国 35 年。

赛岐港务货运码头 修建于 1960 年代，由 3 个码头组成，是赛岐最重要的货运码头。初为客货两用，1978 年改为货运专用迄今。

赛岐客运码头 位于赛岐下港，1978 年建成使用，为闽东轮船公司专用码头。1985 年后停用。

20 世纪 70 年代以后，由于公路交通的快速发展，内河交通风光不再。

2. 海上交通

（1）古代的"海上驿道"

自古以来，赛江与海洋的关系就十分密切。明万历《福安县志》，"苏浦头（今狮子头）以下为江，无复淡水。""古镇门又名白马门……自三港口（今三江口）至此皆江也，出镇则海矣。"闽东先民与北方地区的海路交通从赛江开始，舟船出白马门后就进入"海上驿道"。所谓"海上驿道"，缘于《三山志》"水路视潮次停泊，犹驿铺也"。[1]古时候福建与北方中原地区之间，山高岭峻，举步维艰，相比之下，海上交通反倒显得方便。由于生产力水平和航海技术的限制，北上舟船要择时（农历六七月）在"驿道"上小心翼翼地"循岸梯行"，先抵达浙江宁波海域，再进入长江口继续航行。黄崎港是闽船经常要停靠的中继港，在这里可以补充给养（淡水，粮食，柴片等）、躲避台风，[2]所谓"闽越之境，江海通津……途经巨浸，山号黄崎"[3]是也。

福安市在闽海的位置（网络截图）

① 宋·梁克家《三山志》卷六《地理志六·江潮》。
② 北航舟船为得季节风之便，需在阴历六七月启航，可这时偏是台风季节，故中继站和避风港就显得十分重要。黄崎港是湾中之港，有很好的避风条件，成为北上闽船避风的首选。
③ 《恩赐琅琊王德政碑》。该碑存福州市庆城路闽王祠内。

（2）开浚黄崎港

唐末以前赛江出海口是巨石挡江、水道梗舟，非常不利于福建沿海与北方的交通和对外交往。古书上记载"福建道从海口黄崎岸横石巉峭，常为舟楫之患"。[①]为了改变这种状况，唐昭宗光化元年（898年），当时主政福建的王审知决定疏凿港道，开浚黄崎。经过六年的努力，唐昭宗天祐元年（904年）开港工程告竣，黄崎港从此成为江海通途，"海上驿道"也更加方便。负责这一工程的刘山甫把劳动大众六年的艰辛编成一个神话，他在《金溪闲谈》一书中写道：

黄崎镇先有巨石屹立波间，舟多覆溺。王审知为福建观察使，尝欲凿之而惮于力役。乾宁五年，因梦金甲神自称吴安王，许助开凿。及觉，言于宾僚，因命判官刘山甫往设祭。祭未毕，海内灵怪俱见。山甫于僧院凭高观之，风雷暴兴，观一物，非鱼非龙，鳞黄鬣赤。凡三日夜，风雷始息，已别开一港，甚便行旅。驿来以闻，赐号"甘棠港"。[②]

这是历史上最早叙述黄崎港开浚和曾名"甘棠港"的文献，文中的"僧院"，

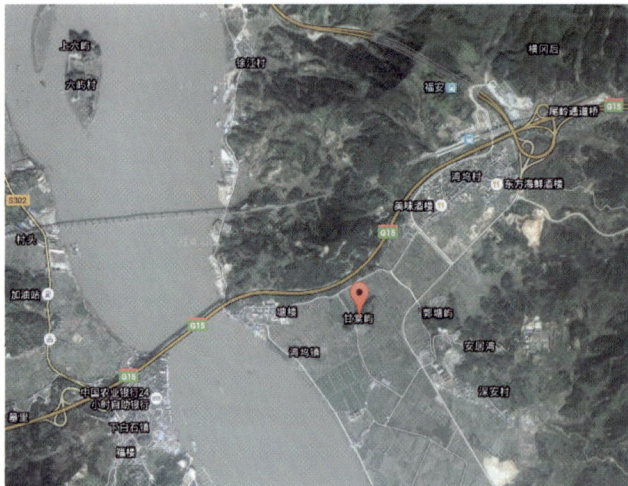

甘棠屿是白马港（黄崎港）曾名甘棠港的实证（网络截图）

应该就是今下白石的双岩寺。唐天祐三年（906年）的《恩赐琅琊王德政碑》也记载了王审知的这一历史功绩。因王审知"常乘白马，军中号'白马三郎'"[③]，赛江先民为了纪念王审知，将黄崎及周边的主要山水都用"白马"命名，如白马河、白马港、白

---

①　五代·孙光宪《北梦琐言》卷七。

②　转引自光绪十年《福安县志》卷三十八《杂记》。刘山甫，彭城（今徐州）人，曾任王审知判官（负责具体行政治理的官员），著有《金溪闲谈》十二卷。见《十国春秋》卷九十五。

③　宋·欧阳修《新五代史》卷六十八《闽世家第八》；明·陆以载《福安县志》第一卷《舆地志》。

马角、白马门等等。[1]白马港东岸湾坞江边的"海田"中，有一个小山包至今仍称"甘棠屿"，正是这段史实的实证。请看民间文献的记述：

（福安县）三十五都凤墺（今湾坞）与黄崎镇只隔一港……有巨石屹立波间，横亘水曲，舟多覆溺，（王审知）意欲凿之，而惮于力役……（后得金甲神相助）别开一港，舟楫便之。驿使以闻，赐名曰"甘棠港"，屿曰"甘棠屿"。[2]

南宋以后，我国的航海技术有了很大的提升，并且普遍使用指南针，赛江的海上交通更加方便，与外郡的交往也更为频繁。明万历《福安县志》："外郡猾商不时驾驶双桅巨舰……潜泊钓崎等澳……以福安而达建、延、温、处等郡，其水客不知几千百艘。"[3]建（州）、延（平）属闽北，温（州）、处（州）属浙南，如此广袤的地域都在赛江的影响范围。浙南的庆元县是长溪的正源地，至今庆元人仍称赛江（长溪）为"福安江"。[4]

赛岐海事处

（3）近现代的海上交通

晚清时期，近代轮船业在闽东兴起，赛岐码头成为闽东"海上茶叶之路"的主要起点，在海运方面扮演越来越重要的角色。

20世纪50年代以后，赛岐成为计划经济时代福建省东北部地区重要的储运中心。国营的航运公司是赛岐海运的主角。这一时期闽东沿海基本上停止了与境外的交通，赛岐港航线

赛岐港作业区一瞥

---

① 李健民《品读福安》，云南大学出版社，2011年版，第202—203页。
②《湾坞赵族谱系》，清道光五年重纂本。
③ 明·陆以载《福安县志》第三卷《兵食志·恤政》。
④ 刘杰、胡刚主编《乡土庆元》，浙江古籍出版社2011年版，第9页。

只北通温州、上海、青岛、天津，南抵福州、广州。

1980 年代后，赛岐港应有的经济和交通地位逐步得以恢复和发展。

赛岐港区建有各类码头泊位 20 多个，新辟了多条海上航线，可以直接与香港等地通航。今日赛岐港区水路距上海港 438 海里，距温州港 158 海里，距福州马尾港 98 海里，距沙埕港 92 海里，距三沙港 74 海里，距三都港 27 海里，距香港 554 海里，距台湾基隆港 178 海里。1982 年辟为外贸物资起运点，1984 年辟为国轮外贸物资装卸点，1985 年正式通航香港；航线通福州、厦门、上海、南通、温州、宁波、青岛、广州等地，并开辟了长江航线。1987 年赛岐港的吞吐量达 85 万吨，居全省第三位，仅次于福州、厦门港。

3. 陆路交通

（1）漫漫古道

明万历《福安县志》如此概述当时福安的交通状况："陆行非重冈叠障，则傍水临崖；舟行非曲流百折，则长江一望。"[①]清朝康（熙）乾（隆）以后，福安县在原有的基础上进一步完善了以韩阳城为中心、以主要官路为干线的交通网络。

上连山村下接码头的古道

在福（州）温（州）公路未开通之前，县城以南沿交溪东岸多"傍水临崖"，没有官道直通赛岐。当时南面往宁德方向的古官道是这样走的：出福安城门，从溪口过渡到富春溪西岸的江家渡，依次经过柳堤、白沙、同台、苏头店，过渡到苏浦头（狮子头）、赛岐或罗江，或从苏头店经白鹤、廉首，过渡到罗江；弃舟登岸，继续走官道到大留、上塘，进入宁德县闽坑，全程 140 里，常人须走两天。也可以乘船到外塘登岸，经甘棠、上塘，

---

① 明·陆以载《福安县志》第一卷《舆地志·形胜》。

入闽坑；还可以乘船到下白石，然后走温（州）福（州）官道，进入宁德八都。但不管怎么走，都要经过赛岐或罗江。[①]

以上官路一直使用到20世纪中期。1950年代以后由于公路交通不断发展，旧官道逐渐失去了原有的使用价值，与此同时，赛岐成为闽东的公路交通枢纽。

1956年，途经赛岐的福（州）温（州）公路通车，这一段公路后来成为国道104线的一部分。赛岐至霞浦的公路也于同年通车；1958年赛岐经周宁至浦城的公路也修通，赛岐成为连接闽东沿海和闽北内陆的省道小浦线（霞浦小古镇至闽北浦城）的中继站。[②]1966年赛下（赛岐至下白石）公路通车，使赛岐到海防前线仅一个小时的车程。

（2）"担担哥"的故事

旧时古官道上还活跃着一个被叫做"担担哥（dān dàn ge）"的挑工群体，是水路运输的重要补充，担担哥们硬是靠自己的双肩，实现了内陆山区各个村落的物资流通。

40多年前笔者曾在赛岐上游的溪柄公社当知青，我所在的村子有一条连接赛岐、溪柄、茜洋、霞浦柏洋的古道经过。十年间无数次耳闻目睹了担担哥的劳苦和艰辛，至今记忆犹新。以下是担担哥的主要"装备"：

一条木扁担（木质坚韧者为上佳，据说有一种"陆桑"木制成的最佳；还有用山苍木制成，路上遇中暑等情，可刮木为药急救）；

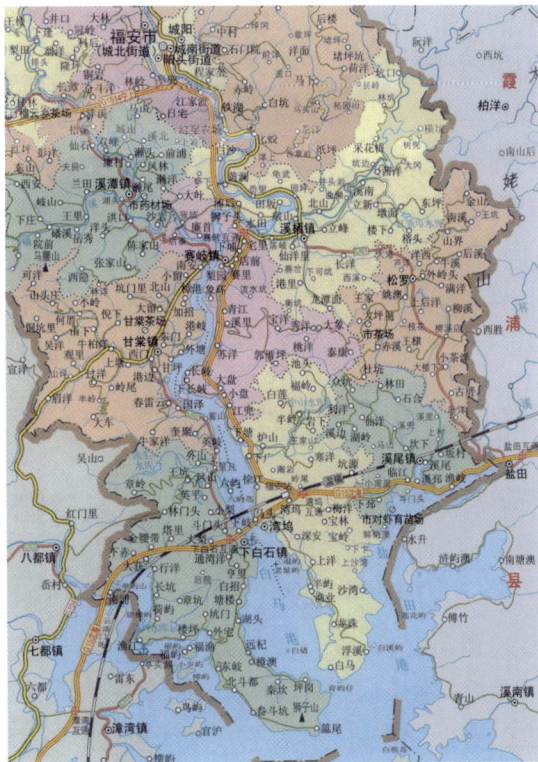

福安市南部沿海乡镇交通图（截图，2010年）

---

① 赛岐与苏浦头（狮子头）之间的水路是赛岐与县城的交通要道。民国后期，福安城关池氏钱庄后人在这里开办汽船客运，每人每次收12个铜板。

② 早期福温和小浦公路均被赛江分割为两段，依靠赛岐轮渡连接，1991年赛岐大桥建成通车，才使两岸成为通途。

一副苎麻绳（准备捆扎货担用）；

一根铁头拄杖（分担双肩和歇肩时支撑担子用，铁头约一尺长，锻打而成，头部细小，支撑担子时不易打滑，还可用作防身）；

一件苎麻粗布衫（苎麻布耐磨、离汗、易干）；

一领线脚绵密的护肩（扁担与拄杖在其上分两肩受力，不易打滑，耐磨）；

一双用布条编打的草鞋（布鞋不耐穿，胶鞋穿不起）；

一个蒲包（装熟饭团用，备路上就着红糖充饥）；

一个粗毛竹筒（削去外皮，打通内节，盛饮用水用）。

担担哥的工作十分劳累，尤其是夏季，为躲避烈日，都需起早贪黑赶夜路。充当担担哥的多是村里的精壮劳力。由于是计重付酬（民国30年肩挑之工力，每担约二角八分），为了保证工价，一般都是120斤一担起步，体力好的或路途短时可能挑更多些。担担哥的生活十分简单，饿了就着红糖（红糖有暖胃功能）吃蒲包里的冷饭，渴了喝从家里带来的竹筒水或路边的山泉水；只有遇到村镇，才可能用上热饭、热水。赛岐到霞浦柏洋的担担哥长期从事此业，形成一整套规矩，什么季节什么时候上路，午饭、晚饭在哪里用都有定规。担担哥都是结队而行，挑行时一肩挑担子，另一肩用拄杖架着扁担，使双肩都可用力，走起路来一顿一顿，很有"韵味"。为了保持体力，每行走八九十步就要停下来歇息，遇岭路步数就更少些。到时为首的"头哥"将拄杖往路石上一顿，整个队伍即刻跟着依次响起"当、当、当、当……"铁石撞击的清脆声音。歇息时担担哥用拄杖支着担子，货担的一头靠着路边的崖壁，另一头悬着；夏日，担担哥摘下斗笠当扇子，掀开前襟扇风散热，一般不离开担子坐下来休息。整个闽东地区的担担哥大体上都是如此。赛岐往霞浦柏洋的公路开通以后，担担哥的身影才从这条古道淡出。

（3）便捷的现代交通

改革开放以后，赛岐的陆路交通得到前所未有的大提升。1981赛湾（赛岐至湾坞）公路通车，1991年赛岐公路大桥建成通车，2003年福宁高速公路通车，2005年福宁高速公路福安连接线通车并在赛岐开设互通口，2009年温福高速铁路通车，2012年宁武高速公路通车，2015年福寿高速公路和沈海高速复线福安至拓荣段通车。今日赛岐的陆路交通（公路）距福安市区28千米，距宁德市区55千米，距福州市区139千米，距温福高速铁路福安站（在赛江下游湾坞）9千米，距长乐国际机场150千米。

便捷的陆路交通与赛江黄金水道配合，大大提升了赛岐作为交通枢纽的品位，进一步成为闽东北的水陆通衢。

赛岐大桥的故事 [1]

赛岐大桥于 1988 年 6 月开始建设，1991 年 8 月 28 日建成通车。该桥全长 487.86 米，宽 12 米（主车道 9 米、人行道 3 米），日车流量达 4000 以上，是福建省首座大跨度连续箱梁桥。作为省重点工程，赛岐大桥的建设历时 3 年，这期间曾经发生了许多故事。

1. 立项与设计

赛岐由于地处长溪下游，受到海潮的影响，海运非常方便；但在公路运输方面，由于赛江的阻隔，使国道 104 线在赛岐和罗江两岸要依靠轮渡连接，于是在赛岐建造一座跨江公路大桥便成了历史的必然。

赛岐的渡改桥是福建省交通建设的重点项目，可是立项审批手续在交通部一度受到搁置，理由是"赛岐大桥已经在 1970 年获批并建造完成"。1970 年正是"文革"期间，当时的革命委员会是军队代表、群众代表和干部代表"三结合"的政权，军队代表居主导地位。军方出于军事方面的考虑，要把桥梁建在隐蔽处以求安全，于是确定在赛岐上游 3 公里处的后泰和再上游 7 公里处的黄

---

① 根据孙一山的回忆录整理、编辑。孙一山是宁德市公路局福安分局的高级工程师，曾负责赛岐大桥建设工程的监理工作。

澜各建一座公路桥，上报项目仍叫赛岐大桥；这样，给后来真正的赛岐大桥造成审批麻烦。但是鉴于国道104线的现实状况，交通部最后还是批准立项了。

根据前期调查和勘探的结果，赛岐大桥的修建面临两大难题：一是桥位的潮差高达7.2米；二是地质状况极其复杂，施工难度全国罕见。设计单位铁道部兰州第一规划设计院对赛岐江面这种特殊的水文和地质条件，进行独具匠心的设计。桥上部结构采用T构悬拼来完成预应力混凝土箱梁的吊装，并在跨中对接，然后转化成多跨的连续箱梁体，再与桥头小跨径的简支梁组合；桥下部主要根据潮汐河段桥梁深水基础的现状进行综合考虑，突破一桥一型的传统模式，采用一墩一型特殊方案；基础类型包括大开挖基础、沉井基础、灌注桩基础、沉井加灌注桩基础等，几乎把所有有关桥梁的基础形式都用上。这就给施工增加了复杂性和技术难度，也加大了机械设备的投入。由于施工存在较高的风险度，一些技术当时还不成熟，所以将大桥的总体质量要求定为合格工程。

2. 监理与施工

福建省交通厅和公路局首次在省内引进国际通用的工程监理制度，并引用多国使用的丹麦条款作为赛岐大桥的监理文件，抽调省内著名的公路桥梁界专家张庆达等成立工程监理组。根据张庆达的提议，省公路局指定宁德市公路局福安分局的高级工程师孙一山全面负责现场监理。

按照国际惯例，监理属第三方；赛岐大桥监理却由业主指派，同时也代表业主，变成"两不像"。监理方从国情实际出发，根据工程管理的三大目标，对监理监控任务作了具体分析，政府方面重点抓进度，施工方重点抓成本，监理方重点抓工程质量。在工作中监理和服务并行。一方面尽力帮助施工单位解决技术难题、管理问题和现场遇到的困难；一方面严格监理，对发现的施工质量问题及时严肃处理，同时与施工单位建立良好的互动关系，确保大桥按时保质顺利建成。

在施工过程中，尤其是水下基础施工出现了许多设计方案无法实施的情况，因而需要设计变更。这种状况设计方很不乐意接受，而且较多的变更原设计方案势必影响工期。后来经过监理方的协调，设计方同意对工地存在的急需变更的情况先由监理提出方案，经他们签认后实施。这给大桥施工带来了很大的方便。

赛岐大桥建设过程中事故时有发生，其中包括由于行政的不当干预造成的重大事故。1990年，地方领导为了赶在国庆节前完工通车，要求加快工程进度，指挥部具体要求施工单位在大桥接线路基地段加快填土速度。接线在桥台背后的填土高度是7米，地面下软土淤泥层是14米，按设计要求，填土应分批分层填筑，到一定高程要等待沉降稳定后再后续加填，等待沉降稳定后，再进行填高，这是一个分阶段推进的过程。指挥部提出的一次性连续推进方案明显违背科学精神，受到监理方的强烈反对。但领导上为了向国庆献礼，执意夜以继日地赶进度，结果出事故了。路基垮塌，巨大的侧向力推倒了桥台和工棚，损失巨大。事后上级没有追究责任，只是就事故搞了一个专门课题，研讨在软土地基淤泥地带修筑高填路基的技术方案。

其实要说影响工程进度，主要在深水基础，尤其是8号墩。该墩的结构是沉井加灌注桩。沉井是施工单位自己预制并浮运到墩位下沉安装，井下的灌注桩则发包给另一家工程公司。由于这个公司的施工队选择了不适合8号墩地质情况的施工机械和施工方法，致使在穿透沉井的底部遇到突出钢筋的干扰而受阻。而且该施工队又不虚心接受监理方的建议，致使工期拖后三个多月，而且又拿不出可行的改进措施，监理方只好通知他们退场。取代他们的是来自厦门的一支小队伍，他们常在近海作业，经验丰富，施工得法，很快就完成任务。

3. 有惊无险

经过近三年的努力，赛岐大桥终于进入桥面铺装。不料又发生一场意外事故，差一点前功尽弃。

赛岐大桥位于港区的上游，为不影响港区船舶的进出，按设计要求桥孔下只允许200吨以下的船舶通过，200吨以上的船舶禁止通行。1991年4月24日下午涨潮时，一艘上千吨的辽宁省丹东市籍空货轮由于没有锚固好，随海潮水流漂至桥下，船的桅杆已折断，整艘船卡在桥孔下，烟囱正好顶住桥面箱梁底部。涌动的潮水使船猛烈晃动，烟囱不断撞击桥梁的腹部，造成桥梁不规则地震动。该船鸣笛呼救，6艘拖船上前帮忙依然没能摆脱困境。船身在潮水的顶托下，不断撞击桥身，发出一次又一次的巨响，大桥面临巨大的险情。幸好就在第七次巨响过后，由于潮水的流速加快使船体大幅度倾斜，在大浪的冲击下船体终于从桥下滑出，并很快被港监船拖走。

福建省交通厅和省公路局对这起事故高度重视，辽宁省交通厅也派出一个副厅长率队前来协商处理，双方商定委托第三方科研机构对大桥进行力学检测。后来由省交通科研所和福州大学联合对大桥进行系列加载测试，检测结果认为大桥仍能满足设计要求。说明设计方对大桥采取了较高的安全系数进行设计，同时也验证了工程的质量，如果施工质量不能满足设计要求，其后果将不堪设想。

4. "石牛"的故事

大桥位置的确定曾经引发了群众的极大关注。赛岐乡亲认为，上岐头江面的一堆礁石是"石牛"的化身，石牛是赛岐人心目中的"神牛"，是赛岐人世代安居乐业的守护神；桥位定在"石牛群"上，势必破坏赛岐的"风水"。但大桥的选址非常困难，没有更好的替代方案，在政府的大力宣传和劝说之下，施工照常进行。

后来由于前文所述的8号墩施工受阻，又引发了一场风波。民间一度盛传因为大桥建在牛背上，神牛受伤，深夜常可听到牛叫；现在神牛发威，桥墩才做不下去。恰逢桥边居民点有青年意外身亡，民间波动加剧，群众纷纷到指挥部要求桥墩移位，动静闹得很大。大桥的水下工程已经近半，怎么可能移位呢！政府通过反复的宣传教育，暂时压制了事态的发展，但乡亲们依然顾虑重重。这时必须赶紧拿出一个两全方案，既不耽误施工，又能安抚民间情绪。

孙一山提出，在大桥附近建立一处牛的雕塑，一方面可以体现赛岐人的顽强拼搏精神，也是对大桥建设一个纪念；同时又保留了民俗的基本元素，与当地的历史文化相融合。这个主意得到领导和群众的一致认可。福安十中美术教师郑楚雄很快就拿出了设计方案。这是一组牛的群雕，采用水泥制作，完成后安置在新镇区的环岛中心，人们看后都很满意。赛岐乡亲还在江边举行了一场隆重的民俗仪式，"恭请"江中的"神牛"上岸。几年后水泥雕塑按原样改成石雕。

石牛群雕

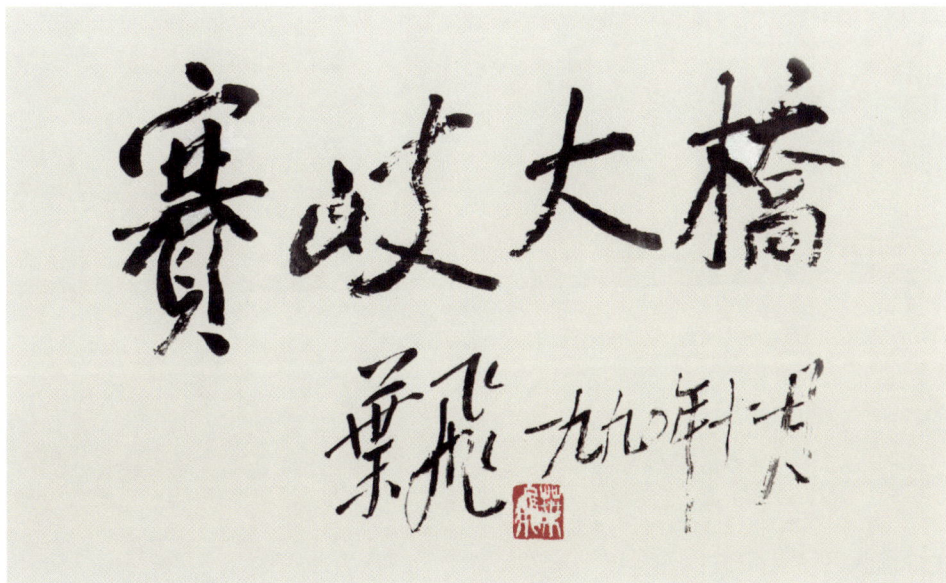

叶飞题字

    赛岐大桥的建设受到国家交通部、省政府和宁德地区领导的关心和支持。当时任宁德地委书记的习近平曾到工地了解情况，慰问施工人员。交通部领导也两次到现场了解情况并指示说："赛岐大桥是目前全国施工难度最大的桥梁工程，主要是水文和地质条件特殊、水深和潮差都是全国第一，地质特别复杂，要好好总结，对今后我国沿海深水造桥有指导意义和参考价值。"根据交通部领导的意见，孙一山以赛岐大桥的工作体会和工程数据为素材，撰写了《潮汐河段桥梁深水基础的设计和施工》和《水泥稳定卵石层加固桥梁基础》两篇论文，前一篇于1991年在南昌相关学术会议作重点发言和交流，后一篇于1998年在交通部的《公路》杂志上发表。

    赛岐大桥为我国沿海大跨度公路桥梁的建设提供了宝贵的经验。

第二章 历史沧桑

一 古代社会

　　自 1982 年以来，福建省文物普查和考古单位先后在赛岐镇狮子头村金龙岗、南安村后山，甘棠镇牛柏洋村上东庵山、大留村岭尾宫崎头山，湾坞镇湾坞村大头岗等地发现并发掘了多处新石器时代文化遗址，证实早在三千多年前的商周时期就有先民在赛江两岸生息。

　　赛江的早期居民是闽越人。"闽越"是春秋战国时期入闽的"越"人与福建土著的"闽"人融合的产物。秦汉时，闽越人分布在今福建省北部和浙江省南部的部分地区，由于年代久远、史料匮乏，我们对赛江这一时期的社会历史知之甚少，许多认识很模糊；隋唐以后，才逐渐清晰起来。

1. 主要村居与族姓

（1）主要族姓入迁

　　唐五代时期，福建东北部尚未充分开发，许多地方还处于荒莽状态，但赛江两岸已经很不寂寞，并且出现了一批最早的村落。在今赛岐镇范围内就有大箬（大叶）、詹厝、苏阳、廉首等。

　　大箬今写作"大叶"，位于赛岐镇北部，与溪潭镇毗邻。唐会昌四年（844年）林谊从长溪赤岸（今属霞浦县）迁大箬，

赛岐周边古文化遗址分布图

029

为福安西河林氏开基祖。（《大箬林氏宗谱》）

詹厝位于镇区东侧，属赛里行政村，现已与城镇建成区连成一片。唐乾宁二年（895年）詹赛从淳池（今周宁县纯池镇）豪阳迁赛江（今赛里詹厝）开基创业。（《赛江詹祠宗谱》）

苏阳位于赛江东岸，原名苏家汰。后唐同光元年（923年）苏子征从苏家坂（今康厝苏坂）迁居苏家汰。（霞浦沙江《大坪苏氏族谱》）后唐天成年间（926—930年）刘皈从东洋黄坛（今周宁龙潭）迁居苏阳，刘氏后发展成地方望族。

廉首位于三江口西北岸，后晋开运二年（945年）高世庆由柳田（今溪柄水田）迁廉首。（《广陵郡派廉首高氏宗谱》）宋元祐年间（1086—1093年）张育人由西隐迁廉首。（《廉江张氏族谱》）

宋代以后，随着南迁的北方汉族不断增加，赛岐及其周边进一步热闹起来。

宋代，有陈氏迁入苏浦头（今狮子头）、宅里等村，林氏迁入赛村，[1]缪氏迁入青江村，金氏迁入利园（利源）。

元代，有罗氏迁入罗家巷（罗江），杨氏迁入赛里杨厝（屿崇）。

明代，有夏氏迁入赛江井梅，[2]陈氏迁入象环、下浦，郑氏迁入赛村，王氏迁入赛里等。

溪柄院后出土的陶器

赛岐狮子头金龙岗出土的石锛

---

① 明·陆以载《福安县志》第五卷《选举志·奏名》：宋淳祐四年（1244年），赛村人，林之望武举正奏名第一人。

② 清·张景祁《福安县志》卷终《氏族》："城东夏氏，始祖兴五，明洪武间自寿宁漈头迁邑三十都赛江井梅……雍正间迁城内青云境。"

赛岐镇部分村落族姓入迁定居情况简明表

村落和族姓	入迁时间	迁出地	资料来源
大叶林氏	唐会昌四年（844年）	霞浦赤岸	《大箬林氏宗谱》
赛里詹氏	唐干宁二年（895年）	周宁纯池豪阳	《赛江詹祠宗谱》
苏阳刘氏	后唐天成年间（926—930年）	周宁龙潭	《苏江刘氏族谱》
廉首高氏	后晋开运二年（945年）	福安溪柄柳田	《廉江高氏宗谱》
苏浦陈氏	宋太平兴国七年（982年）	柘荣陈家营	《苏浦陈氏宗谱》
青江缪氏	宋熙宁元年（1068年）	福安穆阳溪南	青江缪氏宗祠提供
廉首张氏	宋元祐年间（1086—1093年）	福安西隐	《廉江张氏宗谱》
宅里陈氏	南宋隆兴二年（1164年）	寿宁洋贯	宅里陈氏宗祠提供
梨园金氏	南宋末年	浙江兰溪	梨园金氏宗祠提供
罗江罗氏	元初（1279年后）	福安穆阳峛里	里巷罗氏宗祠提供
小盘张氏	元初（1279年后）	福安韩阳坂	《小盘张氏族谱》
赛里杨氏	元至正四年（1344年）	福安蟾溪	《屿崇杨氏宗谱》
象环陈氏	明洪武二年（1369年）	福安廉村福口	《象环陈氏族谱》
下浦陈氏	明洪武七年（1374年）	福安溪柄芦下	《坡林陈氏宗谱》
下长岐林氏	明洪武十六年（1383年）	霞浦赤岸	《长岐林氏宗谱》
赛里王氏	明洪武年（1368—1398年）	霞浦赤岸	《赛江王氏宗谱》
江兜林氏	明洪武年（1368—1398年）	霞浦赤岸	《江兜林氏宗谱》
大盘林氏	明洪武二十二年（1389年）	寿宁梅洋	《大盘林氏宗谱》
长岐尤氏	明嘉靖年间（1522—1566年）	罗源鉴江	《天下尤氏源流》
大叶翁氏	明末清初（约1638—1666年）	莆田漆林	《大鹤翁氏宗谱》
大盘吴氏	清康熙年间（1662—1722年）	福安社口半岭	大盘吴氏宗祠提供
店前李氏	清康熙十七年（1678年）	福安察阳	店前李氏宗祠提供
大象刘氏	清雍正十年（1732年）	福安苏阳	大象刘氏宗祠提供
桃洋刘氏	清乾隆四年（1739年）	福安苏阳	桃洋刘氏宗祠提供
秀洋林氏	清乾隆十六年（1751年）后	福安大象	秀洋林氏宗祠提供

说明：①以上"迁出地"的县级地名为今名。②罗江村2012年划归新成立的罗江街道前，长期在赛岐镇的区划内，故列表中。

以上各村各姓在历史上都有过精彩。在传统耕读文化的氛围中，不少人通过科举考试步入庙堂，跻身社会上流，成为那个时代的精英；他们通过自己的努力实现了"学而优则仕"和"光宗耀祖"的人生追求，从而有了氏族谱牒中的众多"红名"（尽管其中不乏虚夸和做伪），成为宗族的荣耀和后人津津乐道的话题。

詹厝村的古石狮

狮子头（苏浦）村的古碑

据清光绪十年编修的《福安县志·选举》，今赛岐镇范围历代科举考试所获主要功名统计如下。

宋：进士 14 人，特奏名[1]9 人，释褐[2]4 人，荐辟[3]2 人；武科正奏名 6 人。

元：荐辟 1 人。

明：进士 2 人，举人 2 人，贡选[4]18 人。

清：恩赐进士 1 人，举人 3 人，贡选（包括恩贡、拔贡、副贡、岁贡、附贡、例贡）15 人；武进士 1 人，武举人 3 人。

（2）明清村落分布

明万历《福安县志》所列地名，属今赛岐镇范围的村落有大箬、锦浦、廉首、赛村、江兜、苏浦头、苏阳、象环、下长崎等 9 个。

明清时期，今赛江东岸的赛岐镇区域属沿江里的三十都和三十一都，据清光绪《福安县志》载，以上两都的村落共有 30 个：

三十都 11 个：苏埔头、山尾、宅里、阳中厝、下埔、亭前店、金厝利园、詹厝、王厝、象环、青坑。

---

① 宋代科举制度的一种特殊规定：考进士多次不中者，另造册上奏，经许可附试，特赐本科出身，叫"特奏名"。特奏名与正奏名一样取得科举出身的资格，获得了入仕的机会。

② 宋代学制之一。内舍生（太学生的一个等级）连考两次优等则可以任命为官。释褐，脱下粗劣的短衣，义为做官。

③ 古代通过推荐和征召选拔人才的做法，不经过科举考试，直接选拔入仕。

④ 古时州郡向中央举荐选拔的人才。

三十一都 12 个：苏阳、涂塆、大盘、小盘、江兜、长崎、林芦、戈院、桃阳、大象、陈阳坪、碓坑。

此外还有"畲民村居"7个：鳌蜂、上罗里坑、下罗里坑（以上三十都）、三十六岐、塘后、牛罗里、定里（以上三十一都）。

以上情形延续到民国初期。

2. 明末清初的动荡

（1）晚明倭寇之患

明朝中叶以后，由于朝廷厉行海禁，海防松弛，使倭寇与部分中国海商相勾结，倭患日益严重。冯梦龙云："闽防在海，而福安正海艘登陆之地，昔年倭寇亦从此道。"[①]从嘉靖到万历，光绪福安县志记载的较大的倭祸就有6次之多。赛江两岸是闽东倭害的重灾区之一，许多村镇都受到倭寇的残害，赛岐民间对倭寇的恶行也保有深刻的记忆。

发生在嘉靖三十八年（1559年）的一次最为惨痛。是年初，万余倭寇从海路入闽，攻打福宁州城（今霞浦县城），兼旬不克，乃西掠福安。四月初，这股倭寇进犯苏阳，大肆劫掠后将村子烧光。苏阳刘氏族谱载："痛前倭乱，吾家悉遭回禄。"之后北上，取道化蛟，直逼县城。初五日韩阳城陷落，史志载，福安县城"死者三千七百余人，空城一炬"。[②]为防御倭寇再犯，苏阳乡亲组织起来，筑堡自卫。苏洋堡与廉村堡、三塘堡、麂湾堡、黄崎堡合为明季福安下半县的五大乡堡。

今赛岐镇的廉首、赛里等村同样遭到劫掠。廉首张氏宗谱："明季遭倭乱，篇帙（指宗谱）散失。"赛江詹祠宗谱："自启祯（天启和崇祯年间，1621—1644年）后，遭以兵燹。"

赛江西岸与赛岐相望的外塘村，"房屋尽被焚烧，人民害死十分之四……连遭倭害五年，室庐莫不灰烬，田园俱皆荒芜，父母妻子岁多离散，兄弟叔伯年罕相逢，失业失居，无衣无食，民之憔悴困苦莫有甚于此时也。"（霞浦沙江《大坪苏氏谱·分居外塘家谱序》）

---

① 明·冯梦龙《寿宁待志》卷上《城隘》。

② 清·李拔《福宁府志》卷之四十三《艺文志·祥异》。据万历《福安县志》，福安县总人口嘉靖十一年（1532年）25633人，万历二十四年（1596年）22184人，相差3449人。

面对倭害，赛江人民没有坐以待毙。史志和民间文献中多有抗倭的记述。下浦陈氏宗谱载，本族陈良材因抗倭有功，明万历封为漳泉千总、中军六品。光绪《福安县志》卷之二十《选举·武功》：陈良材，赛江人。初为邑学吏，募征广东罗旁有功，万历十七年迁漳泉把总。

（2）郑军筹粮之苦

清顺治二年（南明弘光元年，1645年）清军攻占南京，南明福王政权灭亡。第二年，清军从仙霞岭、杉关、福宁三路长驱入闽。入闽清军十分残暴，受到福建人民的顽强抵抗。刘中藻和郑成功所部成为福建沿海两支最重要的抗清武装。刘中藻兵败之后，郑成功率领水师继续坚持海上抗清斗争。

郑成功分所部为七十二镇，约十余万人。为保证军队给养，上至浙江温台两州，下至广东潮州、揭阳，都成为郑军筹款取粮的目标地。清顺治十三年（南明永历十年，1656年）八月，郑成功率部北征。十月，郑军攻克闽安镇（今闽侯县），然后沿海岸线北上，进入三沙湾，进驻三都澳。接着郑成功的舰队进入白马门，沿赛江进入福安腹地筹粮。

文献上说，永历十年(顺治十三年，1656年)郑成功"遣师进入福安地方取粮，以多积取者升赏……十二月，藩监师进取罗源、宁德等邑……令各官兵散处取粮，各积足三个月，遂回扎三都……（永历）十一年……二月十一日，遣右戎旗周全斌等出师福安内港三十里地方取粮，克拮坑寨，积粮三个月，班扎原汛"。[1]从上年十月至次年五月，郑成功舰队在福安内港前后共羁留半年之久。

郑军的筹款筹粮给赛江人民造成沉重的负担和痛苦。有一篇写于清康熙三十一年（1692年）的民间文献记述了甘棠堡蒙受郑军的灾难：郑成功舰队进港，"扬帆蔽日，编缆连江，沿海村居受其荼毒，深山穷谷，莫不罹殃。……戊戌年（顺治十五年，1658年）六月初七日，贼（指郑军）魁郑布一诈称大综，预借饷米三百担。时青黄未接，家家乏炊，丁壮尽奔外郡负米……以催米为名，堡内被抢"。[2]

（3）清初两迁之祸

满清贵族以暴力夺取全国政权以后，为了巩固自己的统治，继续以残暴立威，犯下了种种恶行，给人民带来深重的灾难。"迁界"是清初的恶招之一。

刘中藻抗清失败以后，清政府为了断绝沿海人民对郑成功的资助，顺治

---

[1] 清·杨英《先王实录》（陈碧笙校注），福建人民出版社1981年版，第139-147页。
[2] 清·三奇录《堡内寇乱始末记》，见《甘棠里街郑氏宗祠总谱》，1988年重修本。

福宁州迁界图，红色表示截界初期的内迁区域
（截自《福建省历史地图集》）

十八年（1661 年）宣布："迁沿海居民离海三十里，村庄田宅悉皆焚弃，城堡台寨尽行拆毁。"①

当时各地被迁的地域大小不等，凡支海多、港湾多、渔民多及郑军活动频繁的地方，迁幅都较大，闽东沿海是迁界重灾区。截界初期，宁德边以白鹤岭、铜镜、闽坑等地为界，共豁田地 160 余顷；福安边以小留岭、廉岭、茶洋、大梅为界，共豁田地 484 顷余；福宁州（包括后来的霞浦、柘荣、福鼎三县）边以柳溪、杯溪、州城、赤岸、杨家溪、店头、桐山为界，共豁田地 1797 顷余。②迁界时，为维持交通干道，保留通往浙、粤大路的地面。沿界挖沟筑墙，设寨建台，分兵把守，严禁民众越界。

"迁界"法令把沿海的富庶之地几乎全部截到界外，对清政府的财税收入带来重大损失。因此在全面复界之前，局部地方如甘棠、苏阳等，已于康熙九年（1670 年）开始复界。不久，康熙十三年（1674 年），靖南王耿精忠于福建举兵叛清，策应吴三桂。据《清史稿》的记载，当时耿军"兵入浙江境，陷温州傍近及台、处诸属县"，同时还诱引台湾郑经略取东南沿海州县。清政府为了对付耿精忠，康熙十七年（1678 年）十一月决定对部分已经先行展复之地再次实行迁界。③直到康熙二十二年（1683 年）清军"平定台湾，郑克塽归顺，海氛始靖，下诏开界，民归故土"。④

两次迁界都给赛江人民带来巨大的灾难，沿江许多村镇的民间文献多有记述。赛岐地区也不能例外。

第一次迁界，整个苏阳村"片瓦无遗，流离失所，惨不言兹"。（《苏江

① 刘献廷《广阳杂记》，见《东华录》。
② 朱维幹《福建史稿》下册，福建教育出版社第 342 页。
③ 《清史稿》卷四七四列传二百六十一，卷二六〇列传四十七。
④ 清·李拔《福宁府志》卷之四十三。

刘氏族谱》）

赛里村詹氏族人因"赛江遭两迁之故，伯叔弟侄散如晨星而流离失所不胜鸿雁者矣。两迁两复，或逃或亡，归故里者不及什一之数"。（《赛江詹祠宗谱》）

赛岐镇江兜村《西河林氏宗谱》记述："嗣是以后，流离播迁。大约村落或十存其三，或五存其一，而绝户者不可胜数。予家英六公派下时计开十有五家，至康熙九年庚戌（1670年）展复，十七年戊午（1678年）又迁，十九年庚申（1680年）台湾荡平，郑寇灰灭，复归家者唯吾父韶庭公、伯旦五公、叔望七公，继书香者仅吾父一人。彼时人文凋零，叔伯离散，荒凉惨天，追呼震地。"[1]

民间族谱关于溪柄港里林氏经历的记述也很能帮助我们理解这段历史。港里林氏先祖祖华与兄弟数人于明崇祯末年（1644年）由宁德霍童迁居福安甘棠。"后遭倭乱（按：实是明清易代之战乱），兄弟散处，祖华公移居赛江宅里。""顺治十八年（1661年）迁界，遂移居于柏柱墩面。至康熙九年（1670年），祖华公已卒，旭、禄二公同移居于港里。后康熙十八年（1679年）又因迁界，复居柏柱。……迨康熙二十一年（1682年）开界，西房禄公只住柏柱，而东房旭公复自移于港里。"[2]

倭乱、明清战乱和迁界共迁延了一百多年，是明末清初福建沿海人民共同的伤痛。赛江两岸的许多族谱，常违心地将明清易代的战乱和两次迁界的苦难都归并到"倭乱"中叙述，有意将当朝统治者一手制造的灾难推到前朝，如道光十七年（1837年）编修的《廉首高氏宗谱》所云："倭寇犯闽，人烟灰烬，荆棘阓墙，流离播迁。举邑之富姓巨族，能保其宗谱者十不逮一……"反映了专制时代民间知识分子（族谱修纂者）为躲避严酷的文字狱自保的无奈。

3. 赛岐的传统经济

（1）种植经济

在千百年的社会发展进程中，赛岐先民创造了光辉灿烂的农耕文化。耕作种植是古代赛江经济的主流。

农耕时代，赛江两岸的种植农业与福安其他地方基本相同：粮食作物以水稻、甘薯为主，也种植小麦；经济作物主要有苎麻、蓝靛、甘蔗、茶叶等。

---

[1] 林宗轼《家谱引》（康熙二十八年撰），见《江兜西河林氏宗谱》1985年重修本。
[2] 孙会澜《六屿林氏世系》（光绪元年撰），郑大光《西河林氏肇迁福安外洋谱志》（乾隆三十八年撰）；见《六屿林氏西河族谱》，光绪三十四年（1908年）重修本。

《孟子》称"稻、黍、稷、麦、菽"为"五谷"，稻谷名列首位。历史上福安稻谷的品种很多，明万历《福安县志》记载："早稻、晚稻、秫稻又名糯谷，诸稻形有长、扁、尖、圆，色有黄、黑、红、赤，芒有长须、无须，种类、名号不齐。又有一种山稻，畲人种于山坞。又有分迟早，一年两获。"①万历县志还引录宋人谢邦彦的诗句"嘉谷传来喜两获，薄田不负四时耕"，描绘乡民喜种双季稻的情景。

　　种植水稻首先要有水田。福安是福建的围垦大县，围海造田基本上集中于下半县。据明万历《福宁州志》的记载，16世纪后期赛江两岸共有水利设施57处，数量之多，绵延之长，居闽东第一。其中属今赛岐镇范围的有7处：上塘圩、中塘、洋塘圩、洋尾塘、涂湾塘、象崎洋圩、下塘堰。②

　　赛江两岸的稻田除了围垦而成的"洋田"外，还有许多层层叠叠的山田（梯田）。万历《福安县志》中有"水碓月中转，山田火后耘"的诗句，描述山区的稻作文化。光绪《福安县志》秦溪乡三十一都有个"碓坑"（今已音变为"泰康"）村，这个村子位于赛岐的东南山区，村名为我们留驻了山地农耕的美好记忆。

　　但是，水稻的产量赶不上人口的增殖，对广大平民来说，更亲近日常生活的是甘薯（番薯）。明万历中期（17世纪初）甘薯传入福建后，福安各地开始普遍种植。由于甘薯耐旱高产，尤其受到山区人们的普遍欢迎。从此"山田硗确，不任菑畲者，悉种薯蓣以佐粒食，贫民尤利赖焉。"（光绪《福安县志》）

水碓是利用水力舂米的机械

"切以为米。本境每遇凶年，辄藉以补谷食之乏，厥功甚大。"（光绪《福安乡土志》）闽东人民因此告别了由干旱造成的严重饥荒，除了无法逃避的人祸，不再有大面积饿死人的记忆。

　　福安是产麦之区。有这样一则嘉庆年的史料："闽省福安乃产麦之区，贩运售广，民间之食，与米谷事同一体。"③

① 明·陆以载《福安县志》第一卷《舆地志·土产》。
② 现名为狮子头海堤、赛岐海堤、象江海堤、苏阳海堤、大泥湾海堤、小江兜海堤。
③《奉宪禁革麦照陋规》碑，清嘉庆七年（1802年）福安县商民公立于龟湖山天后宫。

福安小麦除"民间之食"外，更多的是用作交换。麦子不但带动了福安面食加工业的发展，使线面、光饼、糕点等特色食品闻名遐迩，为福安的饮食文化赢得荣誉，而且更多的小麦作为重要的出口物资成为商品。这个传统延续到民国时期。福安市档案馆有多份档案足以证实。其一为民国27年（1938年）福安县商会主席陈绍龄，常务委员黄树基、李应麟、郭曾嘉、陈大均联名给县政府的呈文，内称"据赛岐商民林书富书请呈核发护照，采麦运输福州销售，周转经济等情，请核办"。[1]

旧时普通百姓多穿用苎麻织成的衣物，苎麻织成品的社会需求量非常大，因此产生了苎麻的种植业和加工纺织业。由于土质和气候的原因，福安产的苎麻布特别优质。清乾隆《福宁府志》称，"夏布（苎麻布）之属以福安为上。"

与苎麻业关系甚大的是蓝靛业。蓝靛也叫蓝、蓼蓝，是一种可以提取蓝色染料（靛青、靛蓝）的草本植物，宋代福建就大量种植，畅销全国。明代以来，东南沿海纺织业的发展，使"福建菁"更是名闻华夏。清代闽东生产的靛菁除为本地苎布着色外，大多销往江浙。种菁种苎之利数倍于种粮，不少乡民因而致富。此业乾（隆）嘉（庆）年间最盛，同（治）光（绪）以后，洋布洋靛充斥，种苎和种靛业走向败落。

赛江农耕图（原载民国28年《苏浦陈氏宗谱》）

---

[1] 民国福安县政府档案，27—77卷，永久；福安市档案馆全宗2、目录号2。

明万历福安县志叙"土产"时就有砂糖的记载。文献上这样描述蔗糖的炼制："饴蔗捣之入釜，径炼为赤糖。赤糖再炼燥而成霜，为白糖。白糖再煅而凝，则曰冰糖。"[①]旧时制糖，榨蔗取汁靠两个石碾子转动。石碾子是圆柱体，长约1米、粗约50厘米；两个石碾紧靠在一起，水车横着安装，牛车竖着安装，工作时在水力或畜力的带动下，各向一个方向转动。这时把糖蔗塞入石碾的夹缝中就榨出蔗汁来，然后将蔗汁熬炼而成糖。明朝至清中叶，福安只生产赤砂糖；到了清末，开始有了白砂糖；民国前期，土产白砂糖面临着"洋白"（机制白砂糖）的竞争，于是福安人就转而生产红板糖，以此同"洋白"博弈。福安红板糖色鲜、味美，而且又有健脾暖胃、温中散寒的功效，很受到外郡城市人的欢迎。福安下半县广植糖蔗（俗名"竹蔗"），此作物糖分很高，是制糖的最佳原料。旧时赛江两岸分布着许多土糖寮，以耕牛为动力的叫"牛车寮"，以水车为动力的称"水车寮"；水车效率高，赛江两岸水资源丰富，所以赛岐的糖寮主要是"水车寮"。每到冬季，糖寮开榨，是农家一年最繁忙的季节。历史上福安的糖业与茶业同为地方经济的重要支柱。据三都澳海关统计，民国十年（1921年）"福安县约有30家工厂生产红糖"。[②]民国三十一年（1942年）《福建省各县农业概况》："福安县年出口糖二万五千余担。农产品出口物资茶居首位，糖出口位居第二。"以上数据中赛江糖寮的产品占有很大的比重。

茶叶很早就是福安重要的经济作物，明中叶（17世纪初期）就已经广泛种植，文献上称"环长溪百里，诸山皆产茗，山丁僧俗半衣食焉"。[③]可知茶叶在闽东山区民生经济中的重要地位。茶叶不是粮食、棉花，只有成为商品，通过交换，才能使"山丁僧俗半衣食焉"。近代以前，国家规定福建所产茶叶均属"贡茶"，政府不发给"茶引"（营业执照），外地茶商只能入山求市。对赛岐地方来说，除了镇区及周边小平原之外，广大山区也广植茶叶。五口通商后，茶叶商贸迅速走红，茶叶种植业也同步发展，其中包括赛岐的腹地山区。清光绪年编修的《福安乡土志》记载：福安一县每年有"绿茶、白茶、茅茶、白尾茶、乌龙茶、二五箱茶（即红茶，因用木箱装，每箱以25斤为计，故名），销行苏州、温州、福州等处，统计十万挑"。[④]但对赛岐来说，更重要的是便捷的水陆交通使这里

---

① 明·王世懋《闽部疏》。

② 《三都澳海关十年报》（1912—1921），见《福建文史资料》第十辑第182—183页。

③ 明·谢肇淛《长溪琐语》。

④ 清·周祖颐《福安乡土志》卷二《商务门》，京师京华书局光绪三十一年印刷。

成为茶叶商贸的重要集散地，咸丰三年（1853年）以后赛岐更成为闽东海上茶叶之路的重要起点。本书第三章有专节对此进行叙述。

（2）水域经济

昔时赛江水域生活着一个叫做疍民或疍户的族群，陆居人称他们为"船民""渔民""船人"；官方文本称之为"澳民""渔民""渔户""船民""水次民""采潮之民""渔船网户""水次搭棚趁食之民"等。疍民长年漂泊江海内河，"以船为屋""以水为田"，在生产生活和习俗方面有许多特色。①

历史上疍民曾经自成一族，晚清以后由于与汉族的融合程度过深，成为汉族的一个民系，称为"连家船民"或"船民"。在近代渔业和近代航运业出现之前，疍户船民是赛江水域的主人，他们是创造赛岐水域经济的主角。

旧时赛岐的水域经济主要包括水域采捕和水上运输。

水域采捕

《闽书》云，闽东沿海"鱼盐螺蛤之属不贾而足"。②以采捕"鱼盐螺蛤之属"为业的主要是疍民。对赛江疍民来说，还有两项特别的采捕。

一是围捕签鱼。赛江上游潭中产一种"签鱼"（凤尾鱼），每到夏初，签鱼随流上下，赛江渔人驾舟张网围捕。数十艘渔舟，敲击木板的声响传遍乡里，此起彼伏，蔚为壮观，成为一个独特的人文景观。

赛岐下港的船民村

---

① 详见李健民《闽海赛江》第四章《水上族群——赛江的疍户船民》，海峡书局2015年版。
② 明·何乔远《闽书》卷之三十八。

二是官井洋捕黄瓜。旧时每年初夏是官井洋黄瓜鱼的鱼汛期。捕黄瓜鱼的渔船一大一小，两两成对，称为"瓜对船"；两船左右牵网，围捕黄瓜鱼，故称"做瓜对"。官井洋鱼汛共有"三水"（三潮），即每年阴历四月初、四月半和五月初。赛岐鱼贩也备小船下官井随瓜对船之后收购黄瓜鱼，然后随潮赶回港澳，迅速转运内陆各地贩卖。

水上运输

水上运输历来是疍民生计的一个主要来源。赛江水上运输分海运和河运。木帆船沿海岸线航行，北通江浙，南至广东；出白马门向东，一潮水工夫可抵达宝岛台湾。由于小吨位木船的抗风浪能力差，多数疍民选择内河运输。赛江上游自白沙以上有十多处激流、十多个濑滩，溪船经常吃水，船夫必须下水手推肩顶。夏日如火，朔风似刀，若遇逆流背风，其艰难更是难以言状。内河运输虽然艰辛，但实现了内陆山区与外界的物流交通。

对赛江疍民来说，还有一项专利运输，就是放排运木。

长溪上游林区盛产松、樟、杉等木材，尤以杉木为外郡木商所青睐。每年春夏冬三季，浙江商船从白马门逆流而上，商人进山伐木，木材（福安人称为"木筒"）顺流而下（"放溪"），先集中到赛江三江口水面再运往外郡贩卖。船户采用放排方式运木。木排之宽度多编为九尺左右，根据木材尾径之大小，按编排木材根数称为"五底"、"七底"、"九底"、"十一底"等。木之最大者为"五底"，径约一尺八寸；最小者为"二十四底"，径仅三寸半。木材多时常将木排串在一起，称为"连"；以十五底之木排为例，六排为一连，共90根，每排上面再加5—6根，这样一连木排可运木材120多根。放溪木材顺流而下，排工一路引吭高歌，歌声在江面悠扬。

晚清赛岐苏浦（今狮子头）陈春培有二首《运木歌》描写赛江放排运木的情景：

> 南北江流一鉴平，呼耶举木势纵横；
> 船添春水两三尺，歌弄晚风四五声。
> 击棹有音传极浦，好山无数说归程；
> 闽材浙用何须怪，环海风恬任挂撑。

> 隔浦船来日未昏，此溪人静彼溪喧；
> 不知运木舟多少，予听歌声入晚村。

第二章 历史沧桑

赛岐的水域经济催生了富有特色的渔歌船谣。以下几首均是赛岐特有的传统渔歌。其中有一部分有相对固定的起兴格式，可以随情随景，临时填词编唱。如《一粒橄榄》：[1]

　　　　一粒橄榄两头咯尖咯，海水茫茫四月噢天咯。
　　　　人人爱食赛江哟鱼咯，簽鱼独占黄瓜哟前咯。
　　　　一粒橄榄抛过咯溪咯，溪边咸草绿满呀堤咯。
　　　　点点渔灯光闪哟耀咯，千千舟船河中哟排咯。
　　　　一粒橄榄两爿咯头咯，片片相花逐水咯流咯。
　　　　修好渔具整好咯网咯，逆流放网莫轻咯投咯。

这是另一首《一粒橄榄》，[2]唱的是男女青年的情爱生活：

　　男：一粒橄榄两爿尖，下船郎仔快活仙，
　　　　风仔溜溜真快活，那惊天气做霉天。
　　男：一粒橄榄两爿梭，没情没义曲蹄姆，
　　　　昨晚齐哥怎么约，今旦船仔荡过河。
　　女：一粒橄榄两爿锹，这次齐哥去福州，
　　　　省城地方真有趣，有食没睡也欢心。
　　女：一粒橄榄两爿芯，朋友千万合单身，
　　　　单身无妻没要紧，全暝会困透天明。
　　男：一粒橄榄两爿尖，齐妹真是有姻缘，
　　　　面仔白白惜（亲）一嘴，船垛同眠赛神仙。
　　女：一粒橄榄两爿青，郎君十八正后生，
　　　　劝你争气出力做，贪花贪色没相干。

---

① 采录自福安赛岐。见《福安专区民间音乐资料》，中国民间歌曲集成福建卷编委会1964年编印，油印本。下文的《福哥寿哥》和《晒网》出处相同。个别用字有改动。
② 《中国歌谣集成·福建卷·福安市分卷》，1992年编印，第184页。个别用字有改动。

男：一粒橄榄两爿真，我妹讲话真有心，

　　叫妹一定要同意，莫叫你哥做单身。

有的渔歌更像是对生活的自嘲。如《福哥寿哥》：

赛岐下去咯长岐头咯，福哥寿哥食酒盲笑哩。

北上投娘奶问仔哩因何事啊？

欠人个钱财哩上北投咯。

还有反映赛岐疍民的劳动生活的渔歌。如《晒网（方言音 méng）》：

渔网染好就要曝，那个晒晒网哎哟。

岐山夕照咯多锦绣，鳌峰焕彩呀显威风。

　　除了疍户船民的自我吟唱，旧时福安的文士诗人也创作了许多以疍户船民为题材的诗篇。宋时苏阳人刘必成的"渔人艇子互清唱，蒹葭猎猎风凄凄"[1]是已知福安人最早描述疍民的诗句。笔者所能收集到的文人诗作多是清人所为，这些诗章多数散见于民间文献之中。现选录若干首，以飨读者。

《渔船谣》（二首，清·福安陈从潮作）：[2]

朝渔船，暮渔船，

我家卖鱼以为命，平生不识催科钱。

今年吏卒征船税，一船一千放渔竿。

昨日卖鱼回，尽饱吏卒求其宽，

今日无鱼卖，吏卒催索仍如前。

何日充税免官鞭？

---

[1] 宋·刘必成《溢桥歌》句，诗载明万历《福安县志》第八卷《文翰志》。刘必成苏阳人，进士；溢桥位于苏阳村后。
[2] 陈从潮《韩川诗集·渔船谣三首》，见陈耀年主编《福安上杭陈祠文化八百年》，第 89 页。陈从潮，福安上杭人，详见本书第七章第 145 页注。

朝渔家，暮渔家，
我家住船以为屋，平生不识有官衙。
今年船税有例钱，一船一千放渔叉。
风波恶，吾不险；怖杀侬，来官差。
且去办税免官拿？

朝渔舟，暮渔舟，
渔家生娶在船上，平生不识官事忧。
今年官税索我钱，一船一千放渔钩。
昨日无钱已遭骂，今日无钱官必囚。
卖船无人值渔舟，且鬻儿女完今秋。

《捕鱼歌》（三首，清·苏浦陈春培作）：

群鱼逐潮来，渔人争潮渡；
击浪斗乘舟，满江飞烟雾。
声声木板敲，都为鱼来捕；
向晚闻棹歌，余音绕江树。

呵呵呵，且捕且歌，世间名利总婆娑；
扁舟一叶载酒过，晴晒网，雨披蓑。
中流自在龙抛梭，有圣人作，海不波，
欸乃声声得得得，维鱼梦梦多多多。

长夏江村夜夜声，风林渔火隔湖清；
网张曲岸人初唤，船逐飞流各自撑。
木板乱敲红树密，义灯转入绿杨明，
金钱买得归乡里，皓月芦花共一程。

1970年代赛岐江边的连家船（夏念长 摄）

赛岐纪事

赛岐纪事

朝渔家，暮渔家，
我家住船以为屋，平生不识有官衙。
今年船税有例钱，一船一千放渔叉。
风波恶，吾不险；怖杀侬，来官差。
且去办税免官拿？

朝渔舟，暮渔舟，
渔家生娶在船上，平生不识官事忧。
今年官税索我钱，一船一千放渔钩。
昨日无钱已遭骂，今日无钱官必囚。
卖船无人值渔舟，且鬻儿女完今秋。

《捕鱼歌》（三首，清·苏浦陈春培作）：

群鱼逐潮来，渔人争潮渡；
击浪斗乘舟，满江飞烟雾。
声声木板敲，都为鱼来捕；
向晚闻棹歌，余音绕江树。

呵呵呵，且捕且歌，世间名利总婆娑；
扁舟一叶载酒过，晴晒网，雨披蓑。
中流自在龙抛梭，有圣人作，海不波，
欸乃声声得得得，维鱼梦梦多多多。

长夏江村夜夜声，风林渔火隔湖清；
网张曲岸人初唤，船逐飞流各自撑。
木板乱敲红树密，义灯转入绿杨明，
金钱买得归乡里，皓月芦花共一程。

1970年代赛岐江边的连家船（夏念长 摄）

《渔舟响板》（清·赛江詹维熊作）：

> 江头响板韵玲珑，舟子扬帆一镜中；
> 听到无声山水绿，杏花村里卖鱼翁。

《捕鱼歌》（清·苏浦陈莘野作）：

> 苏浦村前渔子舟，声声响板满江头；
> 榜人惯听浑无事，惊起蓬窗客梦悠。

《黄瓜竞鲜》（民国·福安李雪樵①作）：

> 石首船归柳巷边，竞鲜消息楝花传；
> 香醪已熟盘餐具，但少新诗一首篇。

旧时没有冷冻设备，遇上热天气，黄瓜鱼很容易变味变质，所以黄瓜鱼一到码头，必须立即转手；各地商贩也组织挑夫到赛岐，连夜挑鱼回返，争先恐后，俗称"赶鲜"。故有此诗。

李雪樵还有一首《弄潮儿》，节选部分表现赛江疍民的水上生活。

> 朝弄潮，暮弄潮，潮水无情浪且骄。
> 白昼狂奔撼风雨，扁舟上下任横飘。
> 赤手持篙撑不住，波心似触蛟龙怒。
> 须臾直退海门东，挂帆坐稳平如路……

① 李雪樵（1877—1927年），本名李翰青，福安阳头人，民国诗人，曾任福安县教育会、福安县农会、福安县商会会长，福安县紫阳小学校长，福安县陶青女校教员。生前著有《雪樵诗抄》《松城杂咏》《录天集》等；身后其宁德、福安生徒友人编印《雪樵诗选》一册，收录诗作百余首。《黄瓜竞鲜》原题《夏日闲吟》其四，该诗与下文《弄潮儿》均选自《雪樵诗抄》。

4. 早期商贸和店肆

农耕经济的发展促进了工商经济的繁荣。明中叶以后，福安县经由黄崎港进出的鱼盐之货和苎、麻、糖、靛（一种可以提取蓝色染料的草本植物）等不断增加。赛岐上游的白沙和富溪津（廉村）分别是本县东部和西部与外界进行物流转运的码头，尤其是富溪津与上游的穆阳，其影响力辐射闽浙边的福（福宁）、温（温州）、处（处州）、建（建宁）等州府。为了加强对工商活动的管理和保护，地方官府先后在白沙和富溪津"设官牙，以平贸易"，"择城乡公慎者"担任官牙。[1]官府还发布禁令："凡民间苎、麻、糖、靛等货，悉听自相贸易，敢有势要、土豪及奸棍等，指称先年官帖，把持行市，欺骗财物者，许被害之人即时首告，以凭重治。"[2]针对不法之徒低假银两，扰乱货币，官府"严行禁革"，规定"所有银匠，俱限各具花名呈递，以便编立字号，发铸火印"，"士民铺户人等，原存低假银两，俱要倾煎足色，不得借口，以致阻挠。"同时对市面斗秤实行标准化管理，令全县斗秤"通限赴县较定，俱用火烙印记，不许仍前大小轻重不等。"[3]这时的赛岐虽然还没有成为商业中心，但其优越的区域地位已经开始

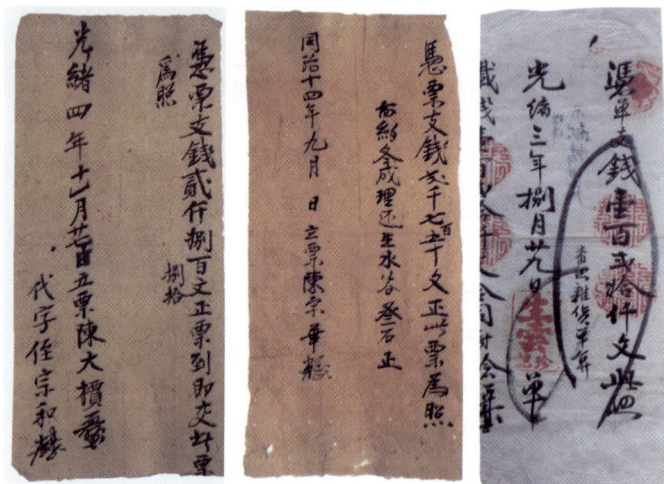

晚清钱庄的手写支票

显露。嘉靖中年，官府将盐运分司设于赛岐，虽"并未驻扎"（后递设苏阳、长岐、三塘、黄崎），但建有公署一处，"计深十五丈四尺，后至山，前至官路……左至王厚二田，右至陈璠四田，计七丈二尺。"[4]

---

① 明·陆以载《福安县志》第一卷《舆地志·镇市》。
② 明·毛万汇《韩阳拙令·为禁革小牙事》。清·光绪《福安县志》卷之十六《职官》："毛万汇，广昌人，举人，万历三十八年（1610年）任。修县志，有政绩。"
③ 明·毛万汇《韩阳拙令·为禁约事十款》。
④ 明·毛万汇《韩阳拙令·勘丈分司公署》。

乾隆中期（18 世纪后期），一批新兴的区域经济中心出现在长溪水系的各中心码头，苏阳、甘棠、黄崎（下白石）并列成为赛江的三大集镇，其中苏阳市在今赛岐镇的范围内。福安商人形成商帮，还在福州南台惠泽境建立福安会馆（民国时期会馆移至福州小桥横街），作为福安商人在省城的落脚之地和联谊、办事场所，从一个侧面反映了乾隆时期福安商业的发展水平。

民间集体记忆认为，赛岐的商业开始于乾隆时期，开发较早的地方是上岐头。上岐头地当三江口之冲要，与罗江、廉首都只是一水之隔，有船渡经苏浦头（狮子头）与县城相连；周边村落的船舶来到赛岐都泊于此处码头。赛岐故老口碑传说，乾隆时期就有赛里的詹厝、杨厝乡亲到这里购地造屋；接着到赛岐讨生活的外乡客纷至沓来，如上白石郭氏、福安城关陆氏、阳头李氏、溪柄郭氏、霞浦余氏等，他们也先后在上岐头一带盖起楼店，形成最早的沿江街市，称为"赛岐街"，即后之"上街"。

《福安市志》载："清乾隆六年（1741 年），一金姓居民看中赛岐发展商业的前景，以低价购进大片地皮，开设金日兴等商店，后上白石人郭木与福安城关人陆帮（邦）兴合资向赛岐金氏购买土地 1.5 万平方米，建起砖木结构店铺 4 座，从事棉布、药材、京果等零售、批发业务。"[1]

同治年间赛岐建起了妈祖庙，地址就在繁华的闹市，此庙系商人倡建。赛岐妈祖庙的鼎建从一个侧面表现了赛岐商人群体的实力。这时中国已经进入近代，由于通商口岸的开放，赛岐商贸进入繁荣时期，主要街市不再只是以上岐头为中心的"上街"，而是继续向南延伸，形成了"下街"。上下街连成一片（也就是今天的和平街），商肆楼店倚山面江而建，是当时闽东最繁华的街市之一。临街商店多为前后两进：前进为店面，系营业场所，挂有牌匾、幌子以招徕顾客；后进一般是住家，布置为庭院和房屋，作库房、居室或作坊。

关于赛岐的早期商号及其经营情况的资料十分有限，对这方面的情况笔者无法作一个比较详尽的叙述。据赛岐父老的零星记忆，结合残存文本的片言只语，清末民初赛岐大致有如下商号：泰和、人和、丰泰安、丰泰成、丰泰美、泰春和、新义兴、新合发、陆恒源、李坤利、瑞康、盛康源、慎康、金日兴、金焕章等。

赛江上游的廉溪（穆阳溪）在溪潭富溪处有一座始建于乾隆四十七年（1778 年）的妈祖庙。现存庙宇保留着一面咸丰十一年（1861 年）重修的捐资匾，乐

---

① 《福安市志》，方志出版社 1999 年版，第 151 页。

捐名单中有赛江泰和号、人和号、金焕章等。

赛岐的早期手工业可分为普通的民生行业和特殊的专门行业两大类。前者如粮食加工、糕饼制作、酿酒、榨油、制茶、裁缝、农具打造等；后者主要是为船寮、船户制作、加工船舶配件，如篷篅、绳缆、铁锚等。

二 地名变迁

地名是人们赋予某一特定空间位置上自然或人文地理实体的专有名称。赛岐的地名也是挺有意义的人文现象，同时也浓缩了这一地域的时代变迁。

1. "赛江"与"赛岐"

赛岐詹厝的族谱有这样一段记述："谦光公仕唐宣宗光州节度使，宣宗大中十二年戊寅（858年）时遭变乱，弃官入闽，九子分居，相议逢名则住。其廿七赛公昭宗乾宁二年（895年）创立赛江，为吾族始祖。"[1]

该谱有一个《九派分迁图》，分述詹谦光九个儿子的分居去向：豪，居豪洋角底；实，居五都大实林坪；转，居转水；源，居下十都南源北岭兜；隐，居隐坛；秦，居秦溪；赛，居赛江，为赛江肇基祖；定，居政和官定；温，迁温州竹下。

逢名则住，以名定居。这实在是一个很有趣的人文现象。同时也告诉我们，"赛江"这个地名至少已经存续了千余年。

后来又有了"赛岐"这个名称。民间普遍认为，赛岐名称的由来与赛江和临江处的"岐头山"有关："赛江"和"岐头山"各取一字，就成了"赛岐"。

"赛岐"这个地名也是很早就有。明万历《福安县志·营缮志》就有"赛岐渡"。但是作为一个居民点，明朝时叫"赛村，俗名细村"，同时还叫"赛崎"。[2]"崎"与"岐"同音，旧时用作地名时常常混用，如将"黄崎"写作"黄岐"、将"长岐"写作"长崎"等。

清乾隆时，赛村仍叫"细村"，是福安县三十都的6个村落之一（清乾隆《福

---

①詹凯《赛江詹祠宗谱·序》（乾隆四十五年），见赛江詹祠宗谱，民国17年重修本。
②明万历《福宁州志》卷一《版图·福安县》。

宁府志·建置志》）。到光绪时期，三十都村落增加到 11 个，"总名赛江，今名细村"（清光绪《福安县志·疆域·都图》）。这些村落都在今赛岐镇区的周边。此种状况延续到晚清。

民国 18 年（1929 年），赛岐镇区及周边村落正式统称赛岐。

"赛岐"地名一直延续至今。

2. 街区与地名

（1）清中叶到 1956 年

清中叶以后，赛岐商业起步不久，仅有沿江一条街路，北起上岐头，南迄小赛港入江处右侧的"大座头"，统称为"赛岐街"。后来店肆多了起来，人们称北段为"上街"，南段为"下街"，大座头至小赛港之间俗称为"行坪"；新增的小赛港入江处到黄土岗这一段叫"里街"，新开发的小赛港南岸街市叫"过街"。

民国中期，这些街路分别正式命名为北大街（上街）、中兴街（下街）、东大街（里街西段）、吉来街（里街东段）、赛新街（过街南北段，又叫高升街）、万寿街（过街东西段）。这些街路两边楼店鳞次栉比，基本上是二三层的骑楼，采用立柱支撑，形成内部的人行道，可遮阳又可避雨；底层格局前店后宅，具典型的闽粤近代商住建筑风格。

1952 年赛岐街区主要公共场所地名如下。

北大街：福安专区合作社生产小组，福安专区粮库，华东国营内河公司办事处（前裕生公司址），益民米厂，东方客店，新华书店（前贸易公司土产部址），文化站，公私合营恒信号；

中兴街、东大街：贸易公司购销处，镇政府，税务所，镇工会（天后宫），水产购销处，税务所鱼行，工农供销合作社，建醇酒号，新共和酒店，工农合作社，新一昌药店，民校，新共和酒库；

"百二坎"

"解放街"

赛新街：粮站，保健院，贸易公司门市部、购米部、办事处，中盐公司，人民银行，公安派出所；

万寿街：贸易公司，银行宿舍，中盐公司仓库，盐务处，第五粮食仓库，码头工会，专区合作社。

1955 年赛岐街区主要公共场所地名如下。

北大街：铁业生产社，民兵队部，赛江乡政府，棕业社，福安第二碾米厂，合作社经理部，光荣客栈，新华书店；

中兴街：搬运站，申报站，水产交易所，寿宁、周宁合作社住赛岐小组，新同昌，合作社经理部，劳改队，裁缝业生产社，平潭合作社，粮食交易所，花纱布代销店，合作社鱼货经理部，福安招待所，供销社，石油公司；

东大街：供销社，新一昌药店，民校，卫生院，新共和，木器社；

赛新街：中盐公司，容光相馆，胜工理发店，五区粮站，保险公司，中百公司，花纱布公司，水产公司，食糖公司，食品公司交通站，中盐批发处，人民银行；

万寿街：花纱布公司，森工局，合作社糖厂，制材厂，合作糖厂，赛岐区公所，区委会，中百公司，联兴院，供销社。

（2）1956–1990 年

1956 年福温公路（福州往温州）和小浦公路（霞浦小古镇往浦城）通车以后，赛岐的街市格局发生了很大的改变。

万寿街西段临江处成为连接赛岐和罗江两岸公路的轮渡码头，轮渡码头上下游两侧分别建起了闽东航运管理处（后改为闽东航运总站）和客货运码头。万寿街与解放街交汇处的东侧建起汽车站，对面（万寿街南面）是赛岐人民公社（镇）机关所在地。

解放街两边的临街建筑，是当时赛岐主要机关单位的所在地。从南向北，有银行、邮电局、粮油管理站、税务所、国营旅社、保健院（卫生院）、食品站、木材站、赛岐法庭、公安派出所等。解放街的尽头是小赛港，有木桥（后木桥改为堤坝，称为"斗门桥"）与对岸的东大街与和平街相连。

东大街和西侧的和平街相接，形成一个曲尺形的街路。经过工商业改造以后，东大街与中兴街集中了许多国营和集体的商店，是当时赛岐的集市中心，北大街商业趋于清淡。

1960 年代后，街路改换新名，北大街和中兴街合为"和平街"，吉来街改名"前进街"，赛新街和万寿街合为解放街，不久解放街又分出万寿街和下港街。

赛岐老镇区街路名称变迁

方位	俗名	民国时期	1960年代以后
北 ↓ 南	上街	北大街	和平街
	下街	中兴街	
	里街	东大街	东大街
		吉来街	前进街
	过街	赛新街（高升街）	解放街
		万寿街	

  1961年1月3日，一场大火灾把整条东大街烧个精光，赛岐的街市格局因此发生了很大的变化。灾后，在东大街北侧岐头山脚建起了百货大楼和供销大楼，这两座当时赛岐最大的临街建筑分别成为"国营"与"集体"两种社会主义所有制的商业中心。

  东大街的大火还祸及南面的居民区，路巷民房及设在这里的各项设施全部化为灰烬。当时正赶上举国城乡大办"万人大食堂"，于是在废墟上建起了大食堂。赛岐镇区由于土地资源紧张，除了街路和居民区，仅余两座山头（北面岐头山，南面金钟山），没有其他空地，大食堂周边就成为农贸自由市场的首选地，接着还盖了一些集体经营的食杂店。1973年，拆除大食堂建起人民会场，兼作影

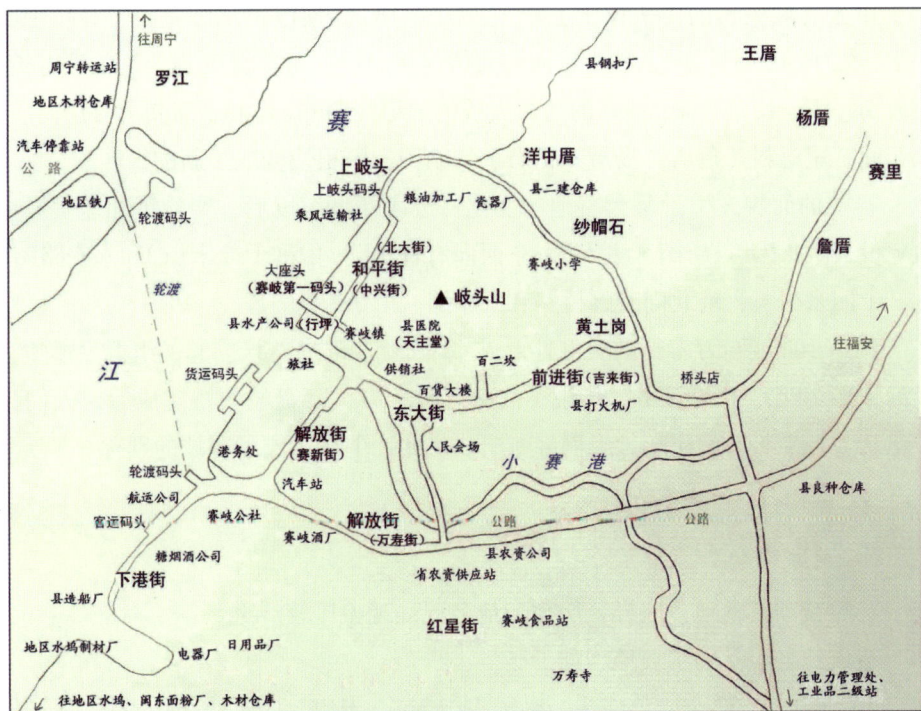

1980年赛岐镇区主要地名分布图（括号内为旧地名）

剧院。周边空地成为赛岐人民的休闲和文体活动场所。

1966年"文化大革命"初期，在"破四旧、立四新"（"四旧"指"旧思想、旧文化、旧风俗、旧习惯"）运动中，对一切被认为与封、资、修等"四旧"沾边的村名、街名、路名、店名等进行改名。其间赛岐公社的罗江、象环、狮子头、大象、梨园等大队名分别改名为新江、红光、上游、向阳、红卫等；1981年福安县开展以地名标准化为中心的地名工作，以上大队恢复原名。

1980年赛岐街区主要地名如下。

和平街，马祖弄，后门弄，洋中厝，上歧头；

前进街，黄土岗，桥头店，纱帽石，前山，百二坎；

东大街，解放街，万寿街，下港街，红星街。

随着社会经济的发展，赛岐街区不断拓展，居民点也不断增加。镇区南部除了万寿街还出现了钟声、登高、凯旋、桥兴、新兴、新峰等新居民点，1990年在原有和平、前进、解放、下港4个居委会的基础上增设万寿居委会。

（3）1991年以后

1991年赛岐公路大桥建成通车，结束了赛江两岸公路交通依靠轮渡连接的历史。这一变化使赛岐的街市格局发生了新一轮的重大改变。

由于赛岐大桥的桥头位于上歧头，国道104线便改道从纱帽石、赛岐中心小学（今为赛岐小学）向上歧头方向与大桥连接。这样，原本是交通要道的万寿街、解放街一下子冷落下来；而新的通往大桥的国道线两侧，建起了崭新的楼房商店，几年间赛里三村（詹厝、杨厝、王厝）的肥田沃野很快变成了新的街区。

赛岐的面貌发生了翻天覆地的变化。进入新世纪以后，赛岐镇加速发展市政建设，增加了4条新街区主干道：东西向有钟山路（俗称十二米街）和永安路（俗称二十四米街），南北向有虹桥路和永康路。

国道104线与万寿街的交汇处形成"环岛"，环岛花坛立起一组群牛雕塑，它的来历与当地的"石牛"传说（前文已叙）有关。赛岐大桥建成后，人们为了纪念"石牛"，就建起这组群牛雕塑。从此"牛城"成了赛岐的别称。

3. 村名及变迁

赛岐镇和其他地方一样，历史上地名混乱现象比较严重。

造成地名混乱的主要原因如下。

方言音变改名。如：苏浦头→狮子头，碓坑→泰康、太康、太坤，首洋→秀洋。

谐音别字改名。如：詹厝→占厝，大盘→大盆，大箬→大叶。

人文变迁改名。如：竹林里→詹厝，屿头、屿崇→杨厝，姑院→宝洋。

求吉雅化改名。如：后濑→后泰，上韩→象环。

政治运动改名。如：罗江→新江，大象→向阳，象环→红光。

地名混乱对改革开放和现代化建设带来很多不便。1980年福安县根据上级部署，参加全国地名普查，在全县范围内进行历史上第一次地名大普查；在地名普查的基础上，根据国务院《关于地名命名、更名的暂行规定》对普查的地名进行标准化处理和规范管理。通过全社会的共同努力，赛岐镇和其他地方一样，基本上结束了长期困扰人们的地名混乱现象。

但是，社会在发展、变化，地名的变迁也在继续。

以下以1982年福安县地名委员会办公室根据上年地名普查成果编印的《福安县地名录》为基础，结合其他文献资料的地名信息，与2010年赛岐镇政府公布的村名进行对照，大体反映赛岐镇村名的变迁。

几点说明：

（1）冒号前为行政村（建制村，村委会）名，1985年以前称生产大队（大队）；冒号后为自然村（村民小组，较大的村子常有多个村民小组）名，1985年以前称生产小队或生产队。

（2）方括号内为旧名或曾用名（包括"文化大革命"期间更改的"革命化"名字），圆括号内文字反映村名的变迁情况。

赛里［杨占（大队）］：詹厝［竹林里、占厝］、王厝、杨厝［屿头、屿安、屿崇］、仙岩下（《地名录》无）；

店前：店前［亭下店］、虾墓垄、里林、牛地坑、鳌峰、虎岩、大岭、月兰（《地名录》有，现无）［玉林］、沙洲坂（《地名录》无）、蜈蚣下（《地名录》无）；

大叶：大叶［大鹤、大箬］、四定冈［塈里］；

廉首：廉首［林首］、金蟹、锦埔庵、白鹤、张坑、锦埔、陈澳（《地名录》无）；

狮子头［苏浦、苏埔头、上游（大队）］：狮子头［苏浦、苏埔头］；

宅里：宅里；

下埔（《地名录》无）：下埔（《地名录》属宅里大队）；

梨园：梨园［利源、金厝利园、利园、红卫场］；

青江：青江、路边；

宝洋［保洋］：宝洋［姑院、戈院、菇院］、上牛罗、瓦窑前；

溪里：溪里、下牛罗、灰岐山、坑边、三坪、后行里、石厝里、白梅坑（《地名录》有，现无）；

秀洋［首洋］：首洋、郑里、里牛坑；

大象［向阳（大队）］：大象、高水笕、鸡叫坑、楼坑、下灌碓；

苏阳［苏洋］：苏阳［苏家汰］、林后、下村、阳上、岔门头、笊篱山、刘家鼻；

桃洋：角垄头、下桃洋、上桃洋、桃洋（《地名录》无）；

泰康［太康、太坤］：泰康［碓坑］、牛涸下、外牛坑、东山、大洋坪（《地名录》无）、湨头里（《地名录》无）；

郭厝坪［厝坪］：郭厝坪、陈洋坪、池下、加后垄、牛鼻埕、朱山、周庵、柘头里（《地名录》有，现无）；

长岐［塘岐、长江］：上长岐；

下长岐：下长岐；

大盘［大盆］：大盘、里厝；

泥湾：泥湾［涂湾］、长楼；

小盘［小盆］：小盘、长后、湨头里；

江兜：江兜［曲江］、王坑、旦岩、上龙岩、为墩、下龙岩、林炉里；

象环［红光（大队）］：象环［上韩］、岭头鞍、长冈、上流水坑、下流水坑、林包里［刘貌里］、岭门楼、大湾（《地名录》无）、流水坑（《地名录》无）；

罗江［罗家巷、新江（人队）］：里巷、外巷、新港、后泰［后濑］、鹅棠［鹅塘］、三江（《地名录》无）。

三 区划沿革

行政区划是国家为便于行政管理而分级划分的区域。古代社会由于人口数量和经济总量都比较小，发展缓慢，区域的划分比较粗放，区划也比较稳定；近代以来，社会政治经济变化加剧，国家为加强社会基层的管理，设置变化频繁，行政区域也随之不断调整。[1]

---

[1] 本节资料来源：李健民《福安民政志》第九章《行政区划》，福安市民政局1993年编印。

1. 古代赛岐的区划

这里的"古代"特指宋淳祐五年（1245年）福安建县到清末。

福安县建立之初，全县设永乐和灵霍二乡，乡下设里，里下设都。赛江流域为灵霍乡，辖沿江里、秦溪里（或称秦溪西里）、秦东里，共三里九都；今赛岐镇主要区域归沿江里，分三十、三十一两个都，直到明清。

元代将永乐乡析为福安、用儒二乡，灵霍乡改名秦溪乡。全县分三乡八里。秦溪乡所辖之里、都与宋代基本相同，仍为三里九都。

明清时都下设图，全县区划分三乡九里三十二都四十八图。今赛岐镇主要区域的三十、三十一两个都各为1图。道光后，图改为保。这种情况一直延续至民国初。

清光绪《福安县志》列举了上述两都的30个村名。前文已述（本书第二章第32-33页），此处从略。

另外，赛江西岸的罗家巷，清乾隆《福宁府志》归属秦溪乡沿江里之上二十九都，光绪《福安县志》改归用儒乡西兴里之二十三都。

三江口北岸的大箸、廉首，上述《福宁府志》和《福安县志》都归用儒乡西兴里之二十一都。

2. 民国时期的区划

民国初，福安县政仍沿清制，三乡九里三十二都四十八图（保）的区划不变。

民国17年（1928年），福安县将行政区划按区、村里、闾邻三级划分。

民国18年（1929年），改村里为乡镇，全县分韩阳、穆阳、赛岐、东溪、西溪、甘棠、黄岐7个区，共99个乡镇。赛岐区管辖21个乡镇：赛岐、廉首、象环、溪柄、茜洋、柏柱、墩面、洋面、柳溪、大夏、溪南、磻溪、双峰、岳秀、西隐、洪口、城山、凤林、富溪、廉村、潭头，区公所驻赛岐。

民国25年（1936年），福安县奉令废除乡镇、闾邻制度，编组保甲，相邻数保设联保。全县重新分为4个区，即第一区城关（后为赛岐），第二区社口，第三区穆阳，第四区甘棠。这一年，赛岐和周边村落组成三江镇（联保）。

民国26年（1937年），第一区的城厢部分归县政府直辖，其余保甲悉归赛岐区公所管辖。

民国27—29年（1938—1940年），第一区赛岐共领10个联保，下辖33个保。联保名称如下：韩察、坂湖、长东枢、秦溪洋、黄蛟、三江、溪缠、柏洋、王松洋、

民国 31 年（1942 年）第一区赛岐下属韩坂镇第一期店员训练班学员（福安市档案馆资料）

象洋。全区共 3780 户，18994 人。

民国 30 年（1941 年），恢复乡镇组织，全县 40 个联保改为 24 个乡镇，乡镇以下仍旧实行保甲制。第一区赛岐辖 7 个乡镇：韩坂镇、察阳示范乡、溪东乡、石门乡、三江镇、溪缠乡、狮峰乡。全区共 78 个保，1027 甲，15235 户，94256 人。根据上级"凡属停泊各港澳之船户，则编归所在地保甲管理"的指令，三江镇赛江保有 43 户船民因以泊在水缠、田坂港道，改归水缠保编组管理。该 43 户船民中林姓 26 户，郑姓 7 户，翁姓 6 户，吴姓 2 户，温姓 1 户，王姓 1 户。

民国 31 年（1942 年），原第一区赛岐改为县府直属。其中三江镇辖 19 个保：吉来、中赛、北大、杨厝、詹厝、苏浦、择里、象坑、象环、青江、罗安、廉泰、章江、溪罗、田中、苏洋、双凤、长湾、赛江。全镇共 230 甲，2796 户，16584 人。

民国 34 年（1945 年），三江镇改名赛岐镇，分 13 个保：赛上、赛下、赛里、象江、苏堤、长湾、罗江、赛江、黄沙、廉田、溪柄、宸岩、港岩。

民国 35 年（1946 年），全县实行乡镇保甲制，该制度延续到 1950 年 4 月。乡镇合并为 12 个：黄岐乡、三塘镇、狮峰乡、山溪乡、白石乡、城厢乡、石门乡、穆阳镇、蓬山乡、社湖乡、社口镇、赛岐镇。其中赛岐镇辖 13 保：赛上、赛下、赛里、象环、苏阳、长湾、罗江、廉田、赛江、黄沙、溪柄、宸岩、港岩，共有 4031 户，19897 人。

民国 37 年（1948 年），福安县增设磻溪、棠溪、范坑 3 个乡，全县共 15 个乡镇。赛岐镇的 13 个保仍旧，共有 140 甲，4175 户，18364 人。

3. 1949 年 10 月后的区划

1949 年 7 月 25 日，福安县人民民主政府成立。10 月调整行政区划，全县分为 7 个区。第五区公所驻赛岐，管辖 33 个保：赛上、赛下、赛里、象江、苏阳、长湾、罗江、廉田、黄沙、溪柄、港仙、㞗岩、赛江、楼下、斗面、茜洋、王家、象洋、泰溪、鼻后、城山、廉峰、凤林、溪潭、上洪、洋山、磻溪、岳田、西岭、赛西、芹洋、金溪、松澳。

　　1950年4月，废除保甲制度，实行区乡制，全县分10个新区。第五区公所仍驻赛岐，管辖14个乡：溪柄、金溪、廉田、太溪、松澳、港仙、黄沙、茜洋、斗面、楼下、象江、赛里、象洋、王家。

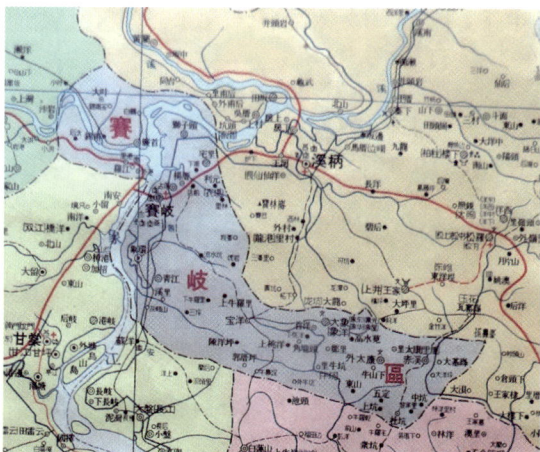

1964年的福安县赛岐区地图（截图）

　　1954年，第五区赛岐析出溪柄区，全区管辖10个乡：赛岐、赛里、宝洋、廉田、王加、象江、赤溪、赛江、泰康、象洋，共有72个村。

　　1956年11月，全县分为9个区和1个直属城关镇。赛岐镇归第五区（驻地溪柄）管辖。第五区除赛岐镇外，还管溪柄镇、黄沙、茜洋、柏柱、金溪、孟洋、赤溪、王家、象洋、赛里乡，共11个乡镇。

　　1958年7月，为适应大跃进和人民公社的新形势，福安县撤区并乡，全县分为11乡2镇1区，赛岐镇与城关镇并列。9月，全县实现"人民公社化"，乡、镇、区一律改为人民公社，实行"政社合一"，即行政区划与生产单位合为一体；原赛岐镇成为全县15个人民公社之一。10月，人民公社恢复称乡镇，下分联社。

　　1959年6月，联社撤销。11月，乡镇又改称人民公社，赛岐镇并入赛岐人民公社。全县共15个人民公社和1个城关镇。

1990年的福安市赛岐镇地图（截图）

1961 年 7 月，恢复区建制，公社改为区。年底，全县设 10 个区、2 个县直属镇（城关、穆阳）和 1 个县属人民公社（赛岐）。

1962 年，原松澳区的赤溪、象洋、宝洋 3 个公社划归赛岐公社。

1963 年，县直属的赛岐公社改为区建制。全区辖赛岐、赤溪、象洋、宝洋 4 个公社和 1 个区属赛岐镇。赛岐公社辖 9 个生产大队：赛岐、大叶、林首（廉首）、罗江、苏头、宅里、杨占（詹）、象环、青江。

1965 年，甘棠区的长江、苏洋 2 个公社划归赛岐区。

1966 年 8-11 月，全县保留上白石、社口、潭头 3 个区，其余各区、镇均改为人民公社。

1967 年，赛岐、穆阳 2 个人民公社的街区恢复为镇。全县分 3 区（各区均设 8 个小公社）12 公社 3 镇。赛岐公社辖 19 个生产大队：上游、宅里、赛里、廉首、新江、红光、青江、苏洋、长岐、大盆、小盆、江兜、保洋、厝坪、桃洋、首洋、向阳、太坤、红卫场，共 84 个生产小队，4952 户 20150 人。

1968 年，区改为公社。全县分 15 个人民公社和城关、赛岐 2 个镇。

1971 年 3 月，城关镇与城郊公社合并为城关公社，赛岐镇与赛岐公社合并为赛岐公社。赛岐公社辖 19 个大队：上游、林首、赛里、罗江、红光、苏洋、

2012 年的福安市赛岐镇和罗江街道地图（截图）

长岐、大盘、小盘、江兜、宝洋、太坑、首洋、响阳、宅里、青江、前进、解放、和平，共 141 个生产小队。

1975–1979 年，全县保持 15 个公社和 1 个城关镇。1975 年，赛岐人民公社辖 17 个生产大队和 4 个镇区街道单位。生产大队：上游、宅里、赛里、廉首、新江、红光、青江、苏洋、长岐、大盆、小盆、江兜、宝洋、向阳、首洋、太坤、红卫场，共 163 个生产小队；镇区街道单位：解放街、前进街、和平街、机关单位。全公社共 7386 户 35597 人（含赛岐镇户口数）。

1980 年 8 月，恢复赛岐镇建制，下辖前进、和平、解放、红星 4 个居民委员会和赛里农业大队；赛岐镇与赛岐人民公社并存。

1984 年 10 月，撤销赛岐人民公社建制，废止"政社合一"体制，建立赛江乡。

1985 年 10 月，赛江乡并入赛岐镇。此后赛岐镇的区划格局基本上稳定下来，"赛岐镇"的名称沿用至今。

1990 年，赛岐镇辖 5 个居民委员会和 25 个村民委员会。总人口 44744，总面积 83.5 平方千米。

居民委员会：前进、和平、解放、下港、万寿，共有 62 个居民小组；

村民委员会：赛里、店前、大叶、廉首、狮子头、宅里、下浦、梨园、青江、苏洋、桃洋、泰康、郭厝坪、长岐、下长岐、大盘、泥湾、溪里、宝洋、秀洋、大象、小盘、江兜、罗江、象环，共 230 个村民小组。

2012 年 6 月，赛岐镇析出赛江西岸的罗江村和三江社区，归新成立的罗江街道。① 赛岐镇共辖前进街、和平街、解放街、下港街、万寿街、凯旋、虹桥 7 个居民委员会（社区委员会）和 24 个村民委员会（行政村）。2013 年底，总户数 1.48 万，总人口 5.09 万，总面积 76.9 平方千米。②

---

① 罗江街道辖罗江、南安、大留、小留、樟港、加招、北山、坑门里等村和三江社区。
② 资料来源：福安市统计局、国家统计局福安调查队《福安统计年鉴（2014）》。

第三章 近代繁荣

一 商贸经济

在闽东的历史上，赛岐曾经长期默默无闻。清康熙二十二年（1683年）台湾统一后，中国进入"康乾盛世"，社会经济得到较快的发展。到乾隆中期，福安的商品经济进一步繁荣，一批作为区域商品经济中心的市镇分布在长溪及其主要支流的沿岸地区，除了韩阳、察阳（阳头）、黄崎、富溪津（廉村）、穆阳等历史上的老市镇外，还出现了白沙、溪柄、社口、潭头、沙坑、甘棠、苏阳等新兴市镇。①但是赛岐依然寂寂，它在静静地等待着属于自己的机会。

1. 赛岐码头的崛起

鸦片战争结束了中国的闭关时代，国人的重商思想有了较大的发展。福州口岸开放之后，赛岐凭着自己的天然优势迅速崛起，19世纪后期，一跃成为闽省东北部的商贸重镇。光绪十年（1884年）编修的《福安县志》在"街市"中增加了6个新成员：赛江、苏堤、洪口、龟龄、坦洋、上白石。地处三江口边上的"赛江"即赛岐是领衔第一个，其余均分布在三江口上游各支流码头。

新崛起的赛江很快就替代了上游富溪津（廉村）和下游黄崎镇的原有地位。

（1）廉村、黄崎的局限

清光绪十年编修的《福安县志》卷之三称：富溪津市在县城西南三十里的廉村，旧时名石矶津。历史上这里海船和鱼货并集，远通闽北建宁府各县，近通县城和各个村落。明时官府在这里设有巡栏，后又改设官牙，并选用有公心

---

① 清·李拔《福宁府志》（乾隆二十七年编修）卷之八《建置志·福安乡都·市集》。

而且办事谨慎的人管理商贸。入清以后沿用此制，到康熙中年裁革。足见古时候富溪津的商业是多么繁荣，对闽东北内陆腹地的经济交通是多么重要，官府对这里的掌控和管理是多么尽心。可是就自然条件与赛江相比，富溪津河道狭窄，水量相对浅少，尽管中小吨位的溪船进出自如，但无法接纳大型船舶；加上河岸陡峭，不可能承担大批量物流的转运；康（熙）乾（隆）以后，随着福安东部和北部经济中心的兴起，地处福安西部的廉溪不再"芳龄永继"。道光以后，在近代经济浪潮的强大冲击下，富溪津（廉村）迅速退出江湖。

黄崎镇市在福安县的南部，离县城一百里。唐时官府在三江口（即官井洋）设置税场，东管温麻港（今盐田港），西管铜镜港（今漳湾港），中管黄崎港（今白马港）；宋朝熙宁中期，因为三江口风高浪急，难以停泊商船，就将税场移到黄崎镇，设置官员监税。后来又先后在黄崎镇创设镇厅、收税亭和市易库厅。明朝延续宋朝的做法，还设置了公馆。弘治末年，将巡检司从上白石迁到这里；嘉靖年，在这里建立盐运分司，后迁到长岐。清朝除将公馆迁到江对岸的湾坞外，税馆、巡检司全部延用明朝旧制，还加设千总一员，以加强防卫。[①]可见黄崎（今下白石）这个被《三山志》列为福州四大名镇之一的重镇，历史上不但是一个重要的商港，而且海防和财税的意义也非常重大。但是，由于这里是基岩陡岸，没有腹地；加上地处海隅，位置偏僻，物流能力有限，无法成为周边地区的货物集散地。所以当近代化的海潮向闽东涌动之时，这个闽东大地的"水陆咽喉"除了强化海防和财税的功能，面对口岸经济的步步进逼，只好"望洋兴叹"。

上岐头是赛岐最早的商业区

宁德县的三都澳位于三沙湾内的三都岛与城澳半岛之间，"东西长11公里，南北宽3.5公里，面积约40平方公里，基岩海岸"。三都岛面积不足25平方公里，"多磊石岸和岩岸"；四周环山，"沿岸多海

① 清·张景祁《福安县志》卷之三《疆域·街市》。

062

拔 300—800 米花岗岩组成的低山、丘陵、岬角"。[1]尽管三都澳贵为钦命开放的通商口岸，"是广大茶区的天然航运中心，内河航道可以通达三个县……是中国最优良的港口之一"，并且开埠后在很短的时间内就使三都这个原本"只有十多间穷屋的村落"焕然一新，[2]但是由于在地理上缺少必要的物流集散空间，在当时的历史条件下也缺少应有的物流集散能力，优势无法充分发挥，致使三都港"开放以来，对贸易变化影响极少"[3]，除了"设关榷税"，很难有更多更好的作为。

（2）赛岐港后来居上

只有地处水陆要冲的赛岐，腹地开阔，陆路四通，控三江扼闽浙直通东海；上游众山溪的大小溪船顺流汇集此地卸驳，外埠千吨海轮可直达江岸码头；当之无愧地接受了历史的选择，光荣地成为闽东北的商贸和物流中心。直至今日，赛岐港（白马港）的吞吐量依然位居闽东榜首。

2. 抗战以前的商贸

（1）港口经济的繁荣

《马关条约》签订后，清政府为向日本偿付巨额赔款，不得不向列强借贷；为了偿还洋债，只好以海关税收作为担保。在这样的背景下，清政府决定主动开放三沙湾，以扩利源。清政府认为，福建福宁府所属之三都澳，地界福安、宁德两县之间，距福州省城陆路二百余里，为福州后路门户，形势险要。如果在此"添开通商口岸，庶可振兴商务，扩充利源。"[4]

光绪二十五年（1899 年），清政府在

旧商号的验银石

① 《福建省海域地名志》，福建省地名委员会、省地名学研究会 1990 年编印，第 364，104，68 页。
② 《三都澳海关十年报》（1899-1901 年），见《福建文史资料第十辑》，福建省政协文史委员会 1985 年编印，第 152 页。
③ 《三都澳海关十年报》（1902-1911 年），见《福建文史资料第十辑》，福建省政协文史委员会 1985 年编印，第 165 页。
④ 清·朱寿朋《光绪朝东华录》；中华书局 1958 年版，总第 4062 页。

宁德县的三都岛设立福海关，开始征收关税。总税务司署明确规定，福海关行政上受总税务司署和设在福州的闽海关税务司双重领导，由闽海关税务司就近指导工作，经费由闽海关账内支出。此后，闽东北内陆山区的土特产先集中赛岐码头，用木船运至三都，交纳关税以后过驳到轮船上，再运往福州等地。与此同时，原设在东冲的"常关"（区别于三都澳的"洋关"）继续保持。

三沙湾的开放促进了赛岐的港口经济不断发展，码头不断扩大，街市也不断繁华。

福海关设立以后，英、法、美、德、日等国先后在三都岛建起了油库、洋行，许多舶来品通过外轮运到岛上。精明的赛岐商人闻风而至，许多商店争相经营洋货，有的成为特定商品的代理经销商。如来自英国的亚细亚煤油由李玉书的"合盛"经销，来自美国的美孚煤油由郭佑民的"新裕兴"经销，英国卜内门肥田粉由林正俭经销，南洋兄弟烟草公司的产品由杨茂盛、郭奶轩的"郭源顺"经销。①这样，许多原产于海外的舶来品（其中有部分后来也有"国产"），被冠上一个"洋"字在闽东城乡畅通无阻。如洋油（煤油）、洋料（化肥）、洋灰（水泥）、洋烟（香烟）、洋酒、西药，以及洋钉（铁钉）、洋火（火柴）等等，

民初市面流通的福建都督府发行的"中华元宝"

雨后春笋般出现在市面，并且长盛不衰。这许多舶来品和外埠的药材、鱼盐、棉布、京果、杂货等一道，从赛岐的行栈、码头出发，船装舶载，分散到上游各山溪沿岸的村镇码头；再肩挑人运，渗透到闽东、闽北、浙南的山区腹地深处。

到光绪后期，赛岐已有布类、鱼货、茶叶、盐业、国药、烟草等20多个行业的商肆数十家。外面的洋货和其他工业品从这里进来，内地的土特产和原材料从这里出去，赛江成了外面世界与闽浙边内陆各县经济生活的桥梁。赛岐的商业经营以坐贾批发和货栈中转为主要方式，周边山县的茶、木、藤、竹、樟脑、柴炭、茶油、蔗糖、香菇、笋干等地方特产和外埠的鱼盐布匹、日用百货是这里的主要转运物资。尤其是每年的茶季、黄瓜鱼汛季和年底糖季，季节性的闹市使赛岐街市每一天都是热闹非凡。赛岐的繁荣直接带

①陈华《赛岐史话》（福安文史资料第十六辑），福安市政协文史委2006年，第33页。

赛岐中心小学（今赛岐小学）始创于民国 23 年（1934 年）（福安市档案馆资料）

动了内陆集镇的经济发展。"随着宁德三都尤其是福安赛岐崛起为闽东北的经济重镇，原来僻处赛江上游山岭间的斜滩也在清末民初迅速走向繁荣，成为邻近闽浙县份如政和、泰顺、庆元、景宁、周宁等的货物集散地。"①

民国元年到民国 26 年（1911—1937 年）是中国从传统社会向现代社会的转型期，尤其是后十年的"黄金时期"，尽管外患依然，内乱频仍，但社会政治、经济和文化都得到空前的发展。赛岐的商业经济在晚清的基础上进一步繁荣，赛岐港凭着得天独厚的地理优势成为当时福建东北部最重要的物资运转中心，赛岐成为福建东北部的经济重镇和著名商埠。

民国 22 年《京粤线福建段沿海内地工商业物产交通报告书》如此叙述福安的商业，而这些都直接关系到赛岐港口经济的繁荣。

福安最大宗营业首推食盐，每年输入达 6 万担，煤油 6 万箱，牛骨 1 万担，肥田粉 6 千包，咸鱼值 150 万元（多来自山东、浙江、台湾各地）；土布从前有 6 万筒，现在不过 2 万筒；面粉 1 万 6 千包，洋糖 5 千包，棉花 3 百担，豆 6 千担，药材值 3 万元。其出口之大宗货物首推茶叶，年达 4 万担；柴 1 万担，多运往福清、平潭及沿海各岛；牛皮年达 5 百担，多运往福州；羊 2 千只，竹 3 万元，茶油、桐油亦有 1 万担（茶油占百分之九十），赤糖有五六千担。……福安贸易所以特别发达者，因福安面临三都澳，为寿宁等县交通之门户，益以人烟稠密，故营业数量较巨也。②

（2）地方对鱼市的倚重

据民国 27 年（1938 年）统计，赛岐的商业店号（未含船业、茶业和其他手工业）

---

① 林校生《寿宁何氏兄弟与台湾经济奇迹》，见林校生《毂外揍文》，福建人民出版社 2013 年版，第 217 页。

② 张研、孙燕京主编《民国史料丛刊》，第 371 册，第 247-248 页，大象出版社，2009 年。

可归为 13 个行业共有 134 家商号（详情见本书第 93-95 页），除了国药、京果、绸布、杂货等，备受外界瞩目的还有鱼商业；其中鱼商号就有 41 个之多，近占全部商号的三分之一。

除每年一度的季节性黄瓜鱼市外，平时赛岐的鱼店主要经营咸鱼（腌鱼），这些咸鱼基本上来自浙东、闽中、闽南和山东的海域。作为闽浙边内陆最大的水产批发市场，鱼货水产在赛岐的贸易量非常大，获利甚丰，官府于是在赛岐开设鱼行，向鱼商、鱼贩抽取厘金。[①]厘金由官府委托私商包办，包商向官府缴纳鱼牙税；正税由福海税务所征收进入国库，地方可以动用的只是正税外的附加。包商在办理鱼牙税中可以牟取高额利益，因此能获得赛岐鱼牙包办资格的私商，都非等闲之辈。

福安县的财政在很大程度上要依赖赛岐鱼牙税附加。据《福安市教育志》的记述，清末民初，新式教育初兴，但官府没有专项教育经费，作为福安县城几所重点小学堂之一的"湖山两等小学堂"，经费由县商会筹措，地方当局向赛岐鱼牙加征 1% 附加，"以腌鱼税维持经费"即每 1 银元正税款加收 10 个铜钱用于办学。按：清末（1911 年）1 块足重银元兑换银分币 107 个、铜分币 128 个、小铜钱 1027 个，到民国 10 年（1921 年）兑换银角 1.17 元、铜板 146 个、小铜钱 1022 个。[②]

赛岐是闽东重要的咸鱼批发市场

① 19 世纪中叶至 20 世纪 30 年代初中国国内征收的一种商业税。因实行"值百抽一"，百分之一即为一厘，故称"厘金"

②《三都澳海关十年报》，见《福建文史资料第十辑》，福建省政协文史委 1985 年编印，第 168 页、178 页。

民国20年（1931年）1月1日，国民政府取消了厘金制度。民国24年（1935年），福建省着手建立县一级财政，福安开始有县级财政预算。民国25年（1936年）9月，福安县政府规定赛岐渔（鱼）牙地方教育费及公益附加年额为21882元，每月应缴1818元，其中教育费附加占85%。[1]照此，当年赛岐鱼牙教育费附加总额为18600元，而这一年福安县的教育预算经费合计31785元（包括中等教育4176元、小学教育13848元、社会教育2736元、义务教育10696元、县筹特种教育137元、教员养老金及恤金192元），近占60%，[2]足见赛岐水产商贸税费在福安县商业税中的比重。

此后，赛岐鱼牙税附加作为县财政收入的重要税源之一长期保留了下来。

（3）混乱的度量衡制度

为了改变我国历史上度量衡制度的混乱状况，以利经济社会的发展，民国17年（1928年）中央政府公布了度量衡法，规定采用"万国公制"为标准制，并暂设辅制"市用制"（即所谓一二三制，即1公升为一市升，1公斤为二市斤，1公尺为三市尺）作为过渡。但直到20世纪30年代，福建省除福州、厦门等较大城市外，各县的度、量、衡制度仍极不统一，甚至城乡所用亦不相同，而且名称各异。福安县在这方面的表现也很突出，此种情形都鲜明地表现在赛岐的街市上。

度：福安县用平尺，有时用裁尺（旧时通常所用的尺，多用以裁衣故称）则须加货价的百分之二五，所以平尺只等于裁尺的八寸。

量：量米多用管（毛竹节做的量米器，又叫"升"），每十管等一斗；每斗五斤，在乡下也有每斗不过三斤半者。

衡：衡用千六砣，每百斤等福州红花一百零五斤，城乡一律。除在下白石用十六两当一斤之秤外，其他地方都以二十两当一斤；药材用十六两秤；鱼货因有盐汁，须一百二十斤当一担。又有所谓推尾秤，在春天称黄瓜鱼时用之。譬如，买黄瓜鱼一斤须推退五两或四两，如此则实价以十一两或十二两计算。又有所谓二百四砣者，即以一斤半当一斤，称茶叶用之。油秤则比千六砣稍重，约须一百零二斤当一担。[3]

1940年代以后，度量衡改革逐渐为民众接受，但在民间，惯性依然存在。

①黄滔主编、郭震主笔《福安市教育志》，福安市教育局1995年编印，第72页。

②刘宗廷主编《福安市财政志》，新疆人民出版社1999年版，第74页。

③张研、孙燕京主编《民国史料丛刊》第371册，大象出版社2009年版，第282页。

3. 抗战以后的商贸

（1）抗战时期的赛岐

抗日战争期间，长溪流域虽未陷敌手，但也多次受到日寇的骚扰。民国27年（1938年）6月15日，日军飞机轰炸福安城关东门龙江街，炸死平民3人，炸毁吴祠1座、民房3间。第二年5月，日军飞机轰炸、扫射福安赛岐，渔民2人死难。民国34年（1945年）5月26日，日军第62混成旅从福州小北岭向浙江收缩，一路上受到我陆军第70军80师李良荣部的英勇截击；这股日寇途经白马港，大肆烧、杀、劫、掠，损失估达5800万元，湾坞乡湾前保有7人被害身亡。[①]

1937年8月13日淞沪战役爆发以后，海上商路受阻，赛岐轮船业全军光荣殉国（赛岐轮船业将在本章第二节叙述），港口经济受到重创。但是地方政府对赛岐更加倚重。民国27年（1938年），国民政府实行盐业专卖，省盐政处在赛岐设盐政局。同年4月，三都福海关为增加税源，在赛岐设立海关查验所，"凡百货物，甚至肩挑小贩，细微如薪炭、蔬菜之属，靡不课征。"因而引发赛岐商民的强烈不满和抵制。福安县商会主席陈绍龄等据理力呈："抗战以来，水上交通梗阻，商业一落千丈，全街商店多半歇业，即现在差能营业者，亦属苟延残喘。""查关税原则，系征收海运之进出口税，若在内地小溪河征收，是何异于百货捐！……本邑大宗生产，为油、糖、薪炭，多半系搭运舢板梭船来岐，或待价而沽，或提仓押质……赛岐行栈之京果、杂货、绸布、苏广（百货）等，多整批办自外埠，概已投关纳税；兹由行栈售出，又要

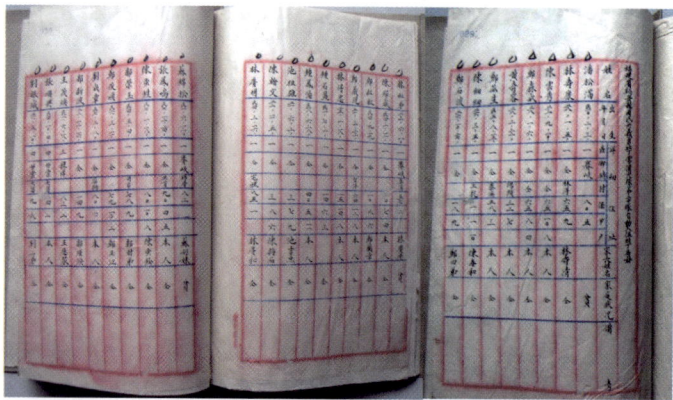

抗战时期赛岐镇自动入伍壮丁部分名册（福安市档案馆提供）

---

① 弘毅《民国时期福安县的救灾救济工作》，见《民国福安社会》（福安文史资料第19辑），福安市政协2012年编印，第28页。

投关报税，显系重复。"请求"主管官署令饬移设，以恤农商"。[①]

　　抗日战争进入相持阶段后，日本帝国主义为解决战线过长、实力不足和补给匮乏等一系列严重困难，确立了"以战养战"这一重要的战争指导思想和经济侵略政策。"为摧毁敌人掠夺及利用战地一切物资之企图"，破坏沦陷区日伪经济，辅助中国正规军作战，国民政府决定成立战区经济游击队，对敌施行经济封锁与反封锁。民国28年（1939年）12月，福安县政府在第一区赛岐组织经济游击队一小队，由义勇警察大队抽调优秀义警组成，共有队兵15人，队长由赛岐敌货查禁所所长蔡子民兼任。不久，福安县经济游击小队奉命升格，由保安独立分队抽选优秀士兵组建本县经济游击分队。福安县经济游击分队共有队兵36人，设3个班，每班12人，委中尉一名任分队长，直属设在赛岐的福安县保安第一团。此后经济游击队的人员和编制多有变动，后期有队兵70人，分5组，每组14人。民国31年（1942年）1月，福安县经济游击分队奉命撤销。福安县的经济游击队共存续2年，充分发挥赛江沿海的水上交通优势开展活动，在赛岐、甘棠、下白石设立敌货查禁所，严密查禁敌伪货品；同时分派人员在沿海各地进行宣传、密查各项封锁工作，防止奸商偷运货品资敌，对持久抗战起到了一定的积极作用。[②]

　　由于海上商路被日寇长期封锁，闽东经济全面衰落，三都口岸贸易清淡。民国31年（1942年）4月，福海关降为分关，隶属闽海关。后因战事的发展，福海分关迁到赛岐，辖罗源、宁德、福鼎、沙埕、八都等支关。抗战胜利后，民国34年（1945年）9月海关机构回迁三都，称闽海关三都支关，辖宁德、东冲等支所。

（2）赛岐商业的复苏

　　抗战胜利后，赛岐的港口经济很快得以恢复。轮船业东山再起。在轮船业的带动下，赛岐港在闽东的经济生活中依然独领风骚。经由赛岐港运出的物资主要有茶叶、食糖、茶油、桐油、烟叶等。茶业的恢复需要一定的时间，就整个中国大陆来说，民国37年（1948年）茶叶出口量已超过战前1936年的60%。[③]除了茶叶，特别值得一提的是福安的糖业和油业。文献资料表明，民国22年（1933年）

---

① 福安县商会《呈为据赛岐街商民……等情请核准转呈》，福安市档案馆藏民国档案，民国27年永久第274卷。
② 民国福安县政府档案，民国28—31年。
③ 陈宗懋主编《中国茶经》；上海文艺出版社1992年版，第734—735页。

福安出口红糖 6000 担、茶油 9000 担，到 1950 年红糖产量达 12950 担、茶油产量也恢复到 6000 担[①]，大部分从赛岐港运出。

商业全面复苏。到 1940 年代末，赛岐工商行业多达 36 个、商号 200 多家，其中国药、京果、杂货、绸布、鱼货等仍为重点行业。尤其值得称道的还是赛岐的鱼业。这一时期赛岐的鱼业商号整合成 19 家，主要集中在中兴街沿江处，也就是当地人的所谓"行坪"。赛岐年销售水产品七八万担，由数十家鱼业商号组成的鱼业同业公会（详见本书第四章第二节）主营咸鱼，影响所及除本县城乡外，还深入周边县区如寿宁、周宁等，以及闽北、浙南山区如政和、松溪、泰顺、庆元等县。赛岐商人林柏玉、李焕芝等合作成立的赛岐鱼业股份公司，合作伙伴来自本县甘坪、湾坞以及连江县苔菉北茭等沿海村镇，充足的货源和便捷的运输，使之成为闽东最大的鱼业经销商。

4. 近代赛岐的金融

（1）清末民初的金融业

商品经济的繁荣必然带来金融业的发展。

福安的金融业发端于清末，最早的金融机构是典当行（或称当铺）。典当行是专门发放质押贷款的非正规边缘性金融机构，是以货币借贷为主、商品销售为辅的市场中介组织。一般情况，送当的金银首饰等贵重质押品以七成估价，普通衣物则估半价。典当利率按"出九入十加三息"计算，即十元当金只付给

清末市面流通的福建省
发行的"光绪元宝"

清末市面流通的福建省
发行的角币

---

① 《京粤线福建段沿海内地工商业物产交通述要》（民国 22 年）、《福建省农村调查》（1952 年）。

九元（一元扣作保管费），回赎当物时需还十元外加月息百分之三。当期一般为三年，后来也有的是 18 个月，过期拒赎，当质归铺。《福安市志》载，民国早期福安城关先后有过"协和""咸亨""廉和当""瑞昌"等当铺，甘棠、外塘也有人开过典铺。据说赛岐也有过典当行，但笔者没有见到相关的资料，因而知之甚少。

钱庄和票号都是中国早期的金融机构。一般地说，钱庄只能完成当地的存款取款，本地存进去的钱不能在

赛岐"泰兴隆"银票和溪柄茜洋"公义兴"银票。"公义兴"票面加盖"赛岐街泰兴隆代兑、霞浦魁洋福记代兑"印戳（陈益光提供资料）

外地支取；而票号却具异地存取的功能，接近于现代的银行。民国时期是闽东金融业创新和发展的重要时期。民国初年到 1920 年代，"福安开设了几家钱铺，发行了大票面的纸币和小额的纸辅币，只在福安流通"。[1]据《福安市志》所述，福安首家钱庄开设于民国 8 年（1919 年），民国 12 年（1923 年）出现私人票号。"民国 12 年，境内前后开设钱庄 15 家……赛岐有坤益 1 家"。[2]但事实上并不只是这样。

据福安城关早期商界大户池氏后人的叙述，民国 11 年（1922 年）以后，其祖上在县城池厝开设锐康钱庄，并在赛岐池氏开设的商行设立分号，从事金融业务。[3]笔者还见过福安陈益光收藏的赛岐"泰兴隆"于民国 17 年（1928）发行的私票，票面竖版，印刷精美，上有"赛岐泰兴隆／凭票支大洋壹圆正"字样。还有一张溪柄茜洋"公义兴"于民国 17 年发行的私票，面额大洋叁角，

---

①《三都澳海关十年报》（1912—1921 年），见《福建文史资料第十辑》，福建省政协文史委 1985 年编印，第 179 页。

②《福安市志》，方志出版社 1999 年版，第 591 页。

③ 池建东《民国福安池氏工商金融业的兴衰》，见《民国福安社会》（福安文史资料第十九辑）2012 年编印，第 117 页。

编号 633632，票面加盖"赛岐街泰兴隆代兑、霞浦魁洋福记代兑"印戳。

以上数例都足以说明民国前期赛岐的金融业确实不简单，更多的情况尚待进一步的发现和研究。

民国 11 年（1922 年），福建红茶在国际贸易中开始逐渐恢复，福安坦洋工夫乘势东山再起，中心茶市多处出现，拉动包括赛岐在内的区域经济的发展。

是年秋季福安县遭遇了一场特大洪水，沿溪沿江村镇受灾严重；军阀政府为摆脱灾后经济困境，竟然明令农民种植罂粟，以抽取高额捐税。民国 12 年（1923 年）后，部分商家为投机烟土，发行私钞，以扩大资金来源；部分茶商为在茶季支付拣茶工的工资和收购茶叶，发行"茶票"（也称"茶银票"），弥补市面小额钱币流通的不足，也减轻了茶行的资金压力。这些私钞和茶票均可在当地集市流通，庄家大受其益，因而许多商号争相仿效。据《福安市志》载，民国时期各村镇发行私票的商号达到 119 家。私票脱离政府监管，乱印滥发私票造成种种弊端，地方政府曾多次禁止发行私票，但功效甚微。

民国早期，币制混乱，换算复杂。以闽省为例，市面流通货币共分银元、台伏（捧番）、小洋、铜元、铜钱五种，而财政厅对于各征收局所收银两，先折合台伏，再折合银元，其互相兑换之市价，通用银元 1 元得换铜钱 1022 文，台伏 1 元得换铜钱 1000 文，小洋每毫得换铜钱 96 文，铜元每枚得换铜钱 8 文。一省尚且如此，全国各地那么多种金属币混杂于市，更是乱象频出。

在币制改革之前，各地货币"百花齐放"。福安由于特殊的地理位置和在闽东的经济地位，币制尤显复杂。大洋纸币与硬币均同价行使，大洋 1 元换铜

民国 26 年福建省银行赛岐（福安）分行营业室
（福安档案馆资料）

元 280 枚；各种银角居民多不爱用，宁用角票。民国 22 年（1933 年）全县钱庄有 20 多家，所出纸币有 1 元、2 元、3 元 3 种，角币有 1 角、2 角、3 角、5 角 4 种；一些本非钱庄的店商也非常爱好发行纸币，数量竟多达 300 余家，其中甚至包括点心店、理发店等小本经营者。[1]

（2）赛岐早期的银行业

民国 24 年（1935 年），国民政府改革币制，施行法币政策，取消银本位制，禁止其他货币流通，明令取缔私票。同年，中国农民银行在赛岐成立福安分理处，办公地点设在高新街。农民银行办理农业放款，票据贴现，收购银元，买卖证券，经营储蓄存款和汇兑，享有兑换券发行权、农业债券发行权和土地债券发行权。该分理处于 1949 年 11 月由新成立的中国人民银行赛岐支行接收。

民国 25 年（1936 年），福建省银行也在赛岐设立办事处，不久又升格为分行，办理银行业务、储蓄、信托，代理公库。民国 28 年（1939 年）出版的《福建省银行概况》言及赛岐分行的业务开展情况时称："赛岐为闽东货运进出口之区……而内地土产，如茶、糖、油、麦之类行销于外者又日见活跃，农商两界较之畴昔，转增繁荣，因此本处业务见前数期稍有起色。"[2]民国 34 年（1945 年）福建省银行在福安设立分行，原赛岐分行同时改为办事处。

福建省银行赛岐（福安）分行部分
工作人员（福安档案馆资料）

---

[1] 张研、孙燕京主编《民国史料丛刊》第 371 册，大象出版社 2009 年版，第 272 页。
[2]《福建省银行民国二十八年份营业报告》，《福建省银行概况》第六章，民国 28 年。

二 赛江航运

航运是水上运输的统称，分内河航运和海上航运。

川海相连、滔滔不息的赛江为水上运输提供了最基本的自然条件。赛岐码头是赛江航运最重要的起点和终点。

本节从传统木船运输和新兴轮船运输两个方面叙写近代赛江的航运。

1. 传统木船运输

（1）内河、内港溪船运输

木船运输在赛江的历史非常悠久。自古以来溪船可以方便地往来于赛江与上游各码头，是沿溪沿江村镇重要的运输工具。赛江船舶出了白马门即进入三沙湾内海，出了东冲口就是浩瀚的东海，"南连广粤，北抵江浙，达兹外域，无所不通"。[①]在轮船没有出现之前，实现这一切的运输工具都是传统的木船。

在赛江及其上游水域从事内河、内港运输的主要有渡船、舢板、溪利等小型木船；"双桅巨舰"则可以在沿海、近海自由航行，往来于本港与"外郡"之间。

渡船是载人运物横渡江河、连接两岸的交通工具。旧时赛江两岸的来往交通都依靠船渡，赛岐周边设有苏浦头（狮子头）、罗家巷（罗江）、象环、长岐等渡口。这些渡口都设有1—2艘渡船，往来于两岸村镇之间。

舢板是靠人力划桨、摇橹推进的无甲板小船。舢板船体轻便，载重量1—3吨，吃水浅，抗风浪能力差，多用于赛江江面过驳货物或短途运输。

木帆船从来就是赛江航运的主力军。赛江的木帆船可以分为小、

赛岐旧码头之一

[①] 清·卢建其《宁德县志》（乾隆四十六年编修），卷二《建置志·道路》。

中、大三个类型，分别安装单桅、双桅、三桅。小型帆船如溪利、溪艚等，中型以上的如长艚、毛缆、里仔、钓艚、艋艚等。木帆船主要借助风力前进，除了桅杆和风帆，船上还备有桨、橹、篙等。桨、橹是船上的人工辅助动力设备，橹还用作调整方向。顺风时，木帆船比较好走，偏顺风时，则需要调整帆的方向行驶。风小或无风时只好靠划桨、摇橹让船只缓慢前进，遇到水浅的溪段还要用竹篙撑行。山溪小木船时常遇濑搁浅，船工还必须下水，肩顶手推，艰难行进。

溪利船因首尾尖小，也叫"梭船"，属小型帆船，设单桅。在山溪行驶的多是"溪利仔"，载重量仅 0.5—2 吨；稍大些的叫"溪利姆"，多是 3—5 吨位。中型帆船多为 10—20 吨位，设双帆。较大型的帆船多是三桅船，载重量达 30 吨以上。公路未通之前，赛江上游各溪河主要靠溪利、溪艚进行运输，那时东溪船可达沙坑，西溪可达斜滩，穆阳溪船可达苏堤。

众多溪船中特别值得一提的是"斜滩艚"。这种溪船，船身一般宽 2 米，长 4 米，载货量 1 吨左右，是闽东北内陆腹地唯一的水运工具，不局限于在斜滩溪航行，东溪直到上白石的沙坑也通斜滩艚。斜滩位于寿宁县南部，是该县的重镇，20 世纪 30 年代商号就达到百余家。发源于福建政和和浙江庆元的几条小山溪汇流于斜滩。斜滩溪是西溪的重要段落，是长溪的上游，从斜滩到赛岐一路上都可行船。斜滩艚顺流南下，一日即可抵达福安、赛岐（回程逆流而上，一般需要二三天），寿宁及周边如政和、泰顺、庆元、景宁、周宁等县区的民生物资和土产山货都必须从斜滩进出集散。近代以来，斜滩与赛岐的经济交往更加密切。从斜滩起运的山货特产先期运往赛岐，然后过驳大船转运省城；闽浙边内陆山县必须的鱼、盐、糖、布及南北杂货也经由长溪水路逆流回运斜滩，然后肩挑陆运到寿宁其他地方和边界地区。寿宁县最早的同业商会、邮政机构和金融组织都出现在斜滩，旧时寿宁民间最大的复兴商号也设在斜滩。民国26年（1937年）以后，往来于斜滩—赛岐的"斜滩艚"多达130—200多艘；其中有93艘专为复兴商号运货。①斜滩艚水运在赛岐传统木船运输中占有相当的比重。

赛岐是福安水路交通的起点和终点。旅客从赛岐往福安县城，须在赛岐码头搭小汽轮先到狮子头（苏浦头）北岸的苏头店；由于这段溪流极弯曲，且不能行驶汽轮，所以到苏头店后要步行2里到同台，再由同台搭溪船北上40里至阳头；然后从阳头步行2里才抵达福安县城。民国中期，从赛岐搭乘小汽船到狮子头，船资为每人大洋1角；从同台搭溪船到阳头，平常2角，特别雇用则须2—4元不等。同台以上溪流滩多水浅，溪船常常吃水，船工须下水推、拉、顶、托，始得继续行驶。货运从阳头到赛岐每担2角，从赛岐再转三都价码相等。②

（2）内海、近海木帆船运输

19世纪中叶以后，赛江两岸和中国沿海许多地区一样，被动地接受了近代文明的洗礼。近代化的进程促使赛江的传统造船业在规模和技术上不断提升，从而带动了航运业的繁荣。

民国17年（1928年）阳头船主黄培英的"横海飞"号木帆船达100吨位，经营赛岐往福州、青岛、台湾等地客货航运业务。民国29年（1940年），赛岐巨商高而山（高裕松）的"永和顺"号木帆船达110吨位，船员18人，成为当时福安最大的木帆船。

民国22年（1933年），赛岐与三都之间有一艘平安号小轮船来往，每日往返一次，水程150里，船资每人大洋7角。赛岐与宁德间有10艘福安船（木船）来往，客货兼营，每船可载150担；旅客如自雇船只，每艘客船须6元。赛岐与三都间有2艘载重100担的木船，行驶一次，船资收入可达20多元。据统计，是年福安有"搭堵"（类似"毛缆"）船32艘，载重500担，多行驶北方沿海；"舢仔头"50艘，多行驶三都、兴化、泉州、温州、崇明等处；"溪利栂"（宁德人称为"白艚"）10艘，可载70担，多走福宁（霞浦县）；乌底船10艘，载重500担左右，航线与舢仔头同；此外还有载重约2000担的木船3艘，行驶

① 卢陵《斜滩水陆交通往昔谈》，见《寿宁文史资料》第3辑，寿宁县政协文史委1989年编印，第102—103页。

② 《京粤线福建段沿海内地工商业物产交通述要》，交通部业务司调查科编，民国22年（1933年），第133页。

赛岐与山东沿海之间，每年走两次；有载重量为1400担的木船1艘，往返于福安与浙江沿海间。①

民国28年（1939年）全县有各式木船524艘，其中外海船37艘。（《福安交通志》）民国26—38年（1937—1949年），赛岐与宁德、赛岐与飞鸾之间共有6艘（各3艘）5吨位木船往返运输，前3艘船主为陈德加、福安妹等，后3艘船主为郑乌弟等。②

赛岐至宁德之间还有邮政班船跑客运。宁德洋中九秩老者黄绍筠回忆：

1944年6月我从洋中小学毕业，考了第一名，很高兴，但如何升学就犯难了。那时宁德县城的初中学费高，家庭条件不允许。公费学校只有福安师范，我到县城参加该校的招生考试，后来了通知，我被录取了，高兴得直跳。三天后我起个早，拜别母亲，跟二姐夫奔下石壁岭，中午就到县城船头街候船。那时渡海到赛岐，乘坐邮政班船，每天只有一趟。受潮水制约，这天要到傍晚开船。我们提早上了船。木船体长约20米，肚大两头尖。棚顶前后各挂一风帆，船舱只能平躺十来人。海潮逐渐上涨，船就摇晃起来，站立不稳；船老大迎风挂起大帆，船就叽叽划水猛进。夜幕降临后，横渡官井洋，行船才较为平稳。船体左右可见许多鳞光闪烁，大群黄花鱼围拢来追逐我们的客船。后来我写了一首诗记叙此情此景："黄鱼簇拥浪花翻，夜色无边官井洋，倒卧船舱我屏气，从容老舵调风帆。"第二天凌晨，到达赛岐镇。赛岐是穆阳溪的出海口，山海物资在此交汇中转，商业十分繁荣。只见沿江一

赛岐小学生到县城远足留影（姚捷夫提供资料）

---

① 张研、孙燕京主编《民国史料丛刊》第371册，大象出版社2009年版，第355、356页。
② 翁泰其《民国海运往事》，见《闽东民初社会》（闽东文史资料第十辑），宁德市政协文史委2011年编印，第249页。

条街，密密麻麻挤满店铺。我们打听去穆阳的路，选择了水路，雇了一条小木船，又上船了。穆阳溪两岸山峰逶迤，时有薄雾漂移，风景与我家乡相似。船家对人很热情，他说的福安方言我觉得声调柔美动听，就模仿起来和他攀谈。溪岸可以看到水蜜桃树成片成林的。据说1927年缪昆廷引进比利时蜜桃，与当地的蒲桃嫁接成功，原名"接蜜桃"；因果实粒大而香甜，后谐音叫成"水蜜桃"。船夫讲抗战以来，海口被敌人封锁，穆阳镇成为内地商业中心，穆阳溪也就成为内地物资交流的黄金水道。……黄昏时分我们到达穆阳码头，让我好生激动。①

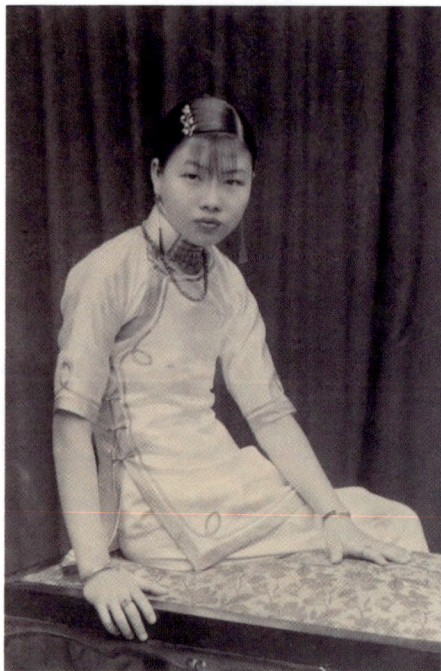

民国时期福安女子的时尚装束
（福安市档案馆资料）

赛江的许多船舶不一定都是赛岐籍，但都与赛岐码头有密切的关联。民国25年（1936年）福安县在赛岐成立民船业同业公会，共有会员74人、民船60艘，其中连江籍船占24艘。民国27年（1938年）重新整顿民船业同业公会，登记会员64人。

在民船业同业公会担任职务的都是赛岐大型木帆船的船东或代表。民国后期赛岐大型木帆船的船号有：金德兴，瞻海星，金旺顺，郭旺商，郑寿兴，金胜利，谢谦利，金铭隆，翁顺源，金捷顺，黄如利，合兴利，金同兴，升万利，郭源顺，林旺利，金宝发等。②

为赛岐修造木船的主要是赛江上下游外塘、长岐、六屿、沙岩、上湾等村镇的造船寮。此外，赛岐本地也有几家修造木船的船寮。

张恒利船寮，位于赛岐万寿街，经理张仁波，创设于清光绪十年（1884年）。

张庆銮船寮，位于赛岐泥坪，后迁过港，创设于清光绪二十七年（1901年）。

勤兴船寮，位于赛岐万寿街，经理许勤兴，创设于民国8年（1919年）。

---

① 黄绍筠《在福安师范的日子·渡海上师范》，写于2015年4月。作者原籍宁德县洋中，福建省立福安国民师范学校校友，退休前系江西省某大学教授。
②《福安县民船业公会整理总报告》（民国27年11月），福安市档案馆藏民国27年档案。

联安船务行，位于赛岐万寿街，股东经理为王乃春，创设于民国后期。

以上张庆銮船寮毁于民国 11 年（1922 年）的洪水，其余延续到 1950 年代的合作化运动。

2. 新兴轮船运输

（1）早期轮船业的兴衰

近代航运业发轫于民国初期作为先进生产力代表的轮船业。

民国 7 年（1918 年）上白石佳浆人王泰和首先开辟三都澳至福州的轮航，使赛岐与福州两地之间的往返只需经三都澳一次转运即可抵达。经这条航线运出的商品是以茶叶为主的农产品，运进的主要是煤油、火柴和棉布等工业品。王泰和后来创办泰安轮船公司，有江门号和镇波号分别航行三都、三沙线，海鸥号航行沙埕线；不久他又与别人合股创办乾泰轮船公司，有"五福轮"（福州号、福宁号、福兴号、福祥号、福利号）分别航行沙埕、泉州、莆田、鳌江、上海线；福祥号和福利号触礁后又添置了 3 艘 2000 吨级的轮船，其中建安号走天津线，安宁号走上海、香港线，建康号走宁波线。这是王泰和航运事业的鼎盛时期，泰安轮船公司也成为当时福州港的三大水运公司之一。

民国 16 年（1927 年）坦洋茶商胡修诚购日本造 700 吨位旧钢质货轮一艘，取名"咸通"，经营赛岐、福州、青岛、台湾等地客货航运业务。赛岐商人王同福的"平安""同龙"和海军顾连长的"利捷"共 3 艘小客轮，专航赛岐至三都线，开始了赛岐水上专业客运业务。

民国 23 年（1934 年）赛岐商人陈绍铃等合股建造"建安""福源""升安""安全""顺昌"5 艘轮船，经营海上运输。

民国 25 年（1936 年）福安县轮船业同业公会在赛岐成立。轮船业同业公会由 9 家位于赛岐的轮船公司组成。这些公司的轮船号是："福安""顺昌""福源"，"建安""升安""新济""升龙""利捷""金安"。

空前发达的航运业极大地促进了赛岐的繁荣。20 世纪 30 年代，赛岐码头，商贾云集，舟楫如林；"闽东各地货物，多由此进出，商业之盛，俨如大邑"。[①]

民国 26 年（1937 年）抗日战争全面爆发，王泰和苦心经营了二十多年的十余条商船和福安县轮船业同业公会的 9 艘赛岐商船全部被福建当局征用，运载巨石沉于闽江长门港口阻敌，结果在日寇的狂轰滥炸中顷刻间灰飞烟灭。

---

① 《福建之茶》，福建省政府统计处，民国 30 年。

赛岐早期的轮船业在民族危亡之秋，就这样光荣共赴国难，慷慨捐躯。

（2）抗战胜利后的航运

抗战胜利后，赛岐经济随着航运业的复苏得到恢复和发展。这一时期有两家轮船公司最具代表性，都是赛岐商人领衔创办。李松康等人合股的利宁公司有"新同安"（"新同安"达260吨位）、"华安""建安"3艘轮船，林赞成、高裕松等人合股的福康公司有"福康""福泰"2艘轮船。5艘轮船往来于中国沿海，南往福州、厦门、广州，北赴温州、沈家门、上海，东航台湾基隆，客货兼营，极大地促进了赛岐的繁荣。

港口经济的发展催生了码头搬运行业。旧时，称码头装卸搬运工为"甲哥"或"甲工"。在同业公会组织未成立之前，相同行业称为"帮"，赛岐的甲哥也有自己的"帮"。随着轮船运输业的发展，赛岐码头的装卸搬运队伍不断扩大，到1940年代从业者达到数十人。赛岐甲工主要来自赛岐、赛里和外塘，形成三个"帮"。外塘人素以海运、造船、贩鱼著称，外塘渡头"东通苏江（苏阳），西连甘棠，诚福邑之一都会也……利涉往来而肩摩毂击"。[1]赛岐崛起之前外塘主要与苏阳来往，后来才与赛岐密切起来，同治年间外塘和赛岐两地商民还共同鼎建赛岐妈祖庙。为了平衡各帮的利益，在赛岐码头谋生的三帮甲工通过协商，议定每月轮流工作，赛里帮15天、赛岐帮5天、外塘帮10天。各帮恪守如约。

三　海上茶路

《清史稿》载，"明时茶法有三：曰官茶，储边易马；曰商茶，给引（茶引，旧时茶商纳税后由官厅发给的运销执照）征课；曰贡茶，则上用也。清因之。"历史上福建茶属贡茶，"不颁引，故无茶课。唯茶商到境，由经过关口输税，或略收些落地税，附关税造销，或汇入杂税报部。此嘉庆前行茶事例也。厥后泰西诸国通商"，大批茶叶开始远销海外，"茶务因之一变"。[2]于是有了"海上茶叶之路"。

---

① 外塘渡头重修碑记，嘉庆十六年（1811年）六月重修；该碑现今依然立于外塘江边。
② 《清史稿》志九十五《食物志·茶法》。

1. 闽东海上茶路的形成

五口通商后，赛江的港口经济得到迅速发展。港口经济中，最重要的当数茶叶。根据《中英南京条约》的规定，福建省被迫开放的有福州、厦门两个商埠。英国侵略者提出开放福州的一个重要意图就是为了茶叶贸易。当时华茶在英国的销路最大，而清政府严守闭关政策，禁止茶叶从海路出口，令闽茶从陆路运入江西，再翻山越岭进入广东，由"粤之十三行逐春收贮，次第出洋，以此诸番皆缺，茶价常贵。"[1]如果改由福州出口，英商才可以控制茶市，而且海运路程最短，可以大大减低英商贩茶的运费，以获取巨额的利润。

福州口岸开放之初，清政府仍坚持禁止闽茶从海路出口，直至咸丰三年（1853年）太平军断了江西陆路，才不得不同意开放福州为茶叶出口码头。有史料称："1852年叛乱分子（按，指太平军）蹂躏江西全省，使该省境内一切贸易和交通等等活动陷于中断，结果使原来通过江西陆运到广州出售，再由广州装运去欧洲的福建茶叶，那一年竟无法运到广州市场。……福州这时已成了当时和各产茶区维持交通的唯一口岸。"[2]时值闽红新秀坦洋工夫初创，坦洋"因滨海交通便利之故，转占输出优越地位"。[3]福安和周边各山县的毛青茶汇集坦洋精制成工夫茶出口。成品茶先用溪船运至赛岐，再从赛岐码头过驳大船运往福州马尾口岸，由于工夫红茶主要用于外销，以赛岐为起点的海上茶路形成。

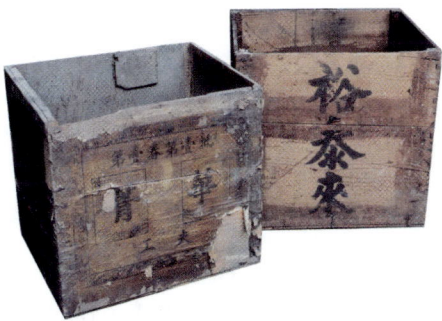

坦洋茶行包装工夫茶的专制木箱

早期闽东运往福州的茶叶有两种走法。一条是全程水路，即各地汇集到赛岐码头的茶品过驳大船后，沿赛江南下，出白马门，经三沙湾，过东冲口，进入东海，然后循岸线

---

[1] 清·郭柏苍《闽产录异》卷一。
[2]［英］卫京生（Wilkinson）《福州开辟为通商口岸早期的情况》（刘玉苍译），见《福建文史资料选辑（第一辑）》福建省政协文史室编，福建人民出版社1962年版，第155页。作者卫京生1918年任驻福州英国领事，译者刘玉苍为基督教中华圣公会福建教区副主教。
[3]唐永基、魏德瑞《福建之茶》，福建省政府统计处，民国30年版，第22页。

驶往福州口岸。另一条路则是水陆兼程：出白马门后先从海路到宁德飞鸾码头登岸，然后改用肩挑，翻越飞鸾岭，循官道经罗源、连江到达福州。今飞鸾岭南路起步岭尚存的晚清碑刻，记录了光绪五年（1879年）宁德、福安、寿宁三县茶商捐资重修飞鸾岭路的过程；碑文涉及的茶庄包括宁德"一团春"，福安坦洋的"泰大来""福兴隆""祥记"等；董事李世镐、王正卿、胡兆江、吴步森四人均为福安大茶商。①起步岭还有一碑，上有吴步云名字。据福安岭下村《谷岭吴氏宗谱》收录的吴步云墓志铭记述，吴曾出资整修罗源、连江两县之间的"崎岖险危山径"。②以上王正卿、吴步云、胡兆江均为坦洋工夫的创始人。③

光绪年间挑运茶叶的"发单"

　　茶之运输路线取决于不同茶品的不同包装方式。福安当时主要生产三种茶：洋庄红茶、苏庄红茶和京庄绿茶。洋庄红茶主要是工夫茶也包括部分小种红茶，是应海外市场之需，每年多达数万件，全用木箱包装；箱内先套锡箔纸以防潮湿，再内衬扣纸才可装茶叶，钉箱后外贴棉纸，印上商号，再刷桐油，装潢讲究，每箱装精制红茶75斤。苏庄红茶，茶质粗劣，多是茶梗、茶末等精制工夫茶的下脚料，数量不多，用篾篓包装，每件装茶100—200斤；该茶品先运到苏州，再转运华北、蒙古、西藏等地。京庄绿茶，毛茶制好后即运到福州进行再加工，窨花精制成花香茶；该茶品用布袋装盛，袋内衬白竹叶防潮，袋口纽紧后加印记，每袋50—60斤；福安绿茶虽不如红茶多，但每年也有几万袋。以上三种，除了袋装茶适合挑运外，其余只能靠船运。

　　坦洋工夫靠着赛岐的港口优势，成为闽红的领军者。光绪七年（1881年），坦洋工夫茶总产量5万箱（每箱75斤，计3.75万担），产值100万大洋，创下历史纪录。④坦洋村"榷税之征输于中夏，商贾之利施及西洋"。（清光绪《坦

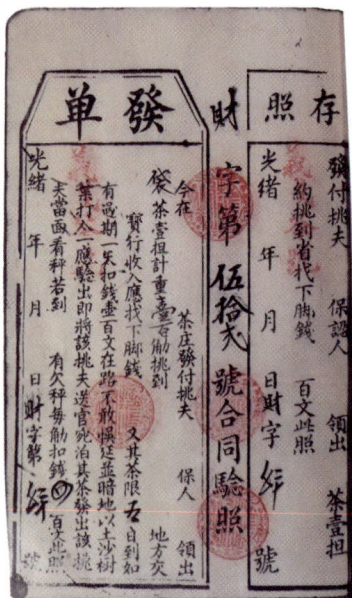

---

① 陈仕玲《蕉城南路古官道探略》，http://blog.sina.com.cn/s/blog_5e9b779b0101femz.html。
② 清·宋瞻瓒（光绪十六年恩科进士）《吴步云墓志铭》，载《谷岭吴氏宗谱》，清光绪年重修本。
③ 李健民《品读福安》，云南大学出版社2011年版，第287页。
④ 叶乃寿主编《宁德（闽东）茶业志》，福建人民出版社2004年版，第206页。

洋朱氏宗谱》），因"产茶美且多，有武夷之风，外邦称为'小武夷'"。（清光绪《福安县志》卷之四）海上茶叶之路的畅通使坦洋工夫成为天之骄子。

在坦洋工夫的带动下，北路茶（闽东北地区所产之茶）得以迅猛发展。光绪十年（1884年），政和工夫红茶创制成功。政和工夫以政和为主，邻县松溪以及浙江庆元地区所产之茶也集中政和加工。[①]政和工夫红茶从陆路经周墩挑到穆阳，再用溪船顺水运达赛岐过驳大船出洋，以赛岐为起点的海上茶路进一步热闹起来。

2. 闽东海上茶路的发展

闽东海上茶路开辟46年后，光绪二十五年（1899年）三都福海关成立，[②]此后三都澳成为闽东广大茶区的天然航运中心。从赛岐港起运的茶叶全部全程走海路直达福州口岸，不再走飞鸾岭官道。根据《三都澳海关十年报（1899—1901年）》的统计，1901年出口货物价值145.3万关两（按，1海关两相当于0.77两），比进口货物超出142.4万关两，进口货物价值只占出口的2%。出口货物中茶叶是大宗，占全部货物的99%以上。[③]三都澳成为赛江航运业的转运口岸和以茶叶为主要出口商品的关税码头。

北路茶的起运点主要是赛岐，但不只是赛岐一处。三都福海关成立后，宁德县北部山区（不含周墩）部分茶叶沿霍童溪运至八都码头转宁波船出口（或用肩挑由陆路翻越飞鸾岭直达福州）；屏南、古田和宁德的虎贝、洋中、石后等地的茶叶先集中宁德铁沙溪（今蕉城濂坑村），然后出西陂塘，经三都澳运往福州；光绪三十二年（1906年）清政府在沙埕开辟口岸，此后福鼎县的白琳工夫和白茶、绿茶则集中沙埕港外运出口。[④]以上各起运点中，从宁德八都和铁沙溪起运的茶品主要是绿茶，运到福州后再窨花精制成花茶，供应国内市场。[⑤]而闽

---

① 陈宗懋主编《中国茶经》，上海文化出版社1992年版，第218页。

② 福海关是继闽海关、厦海关之后设立的福建省第三个海关。福海关受闽海关税务司和总税务司的双重领导，与当时完全独立于闽海关的厦海关不同。

③《三都澳海关十年报》（1899—1901年），见《福建文史资料》第十辑，福建省政协文史委1985年编印，第157页。

④ 李健民《闽东茶业的历史变迁和现代振兴》，见《宁德师专学报》哲学社会科学版2010年第2期。

⑤ 周玉璠《宁川与福海关茶事》："清朝后期，福州开始以绿茶加工窨制花茶，宁德县是我省绿茶主产区，宁德县及邻县绿茶多运到福州窨制成茉莉、玉兰、珠兰、柚子等花茶。"见《民国宁德》（宁德文史资料第17辑），蕉城区政协2011年编印，第44页。

红（工夫茶和小种红茶）属外销茶，是应海外市场之需，在三都福海关完税后过驳轮船，经福州口岸远涉重洋，进入国际市场，主要销往欧美，赚取洋人的银两。

经过清末短暂的休整，坦洋工夫红茶借助三都澳开埠再创辉煌。民国4年（1915年），福安商会选送的坦洋工夫红茶在美国旧金山举行的"巴拿马太平洋万国博览会"上，艳压群芳，获得金牌奖章，为华茶赢得了荣誉，从而奠定了作为中国名茶的历史地位。这一年，经三都澳海关出口的红茶由1912年的5.06万担发展到1915年的7.24万担。[1]

尽管如此，但是时值欧洲经济大萧条和第一次世界大战，同盟国和协约国正你死我活地奋力厮杀，哪有闲钱和逸致享受中国的美茶！加上战争后期闽红最大的买家帝俄发生了内战，战后英国政府给予印度茶叶优待，使得北路茶的出口量急剧下降，坦洋工夫在英伦也是有价无市。直到民国11年（1922年），闽红的国际贸易才开始逐渐恢复。这时福安实业家王泰和[2]于4年前开辟的三都澳至福州的轮航发挥了很好的作用，从赛岐出发的北路茶到三都澳后，过驳王泰和的"江门号"轮船直抵福州口岸。代表先进生产力的轮船运输进一步增强了闽东茶人"乌换白"（红茶换白银的形象说法）的信心，以坦洋工夫为领军的闽红三大工夫在欧陆再次闪亮登场。国际市场的大量需求使红茶生产大放光彩。长溪水系各溪河沿岸中心茶市比比皆是，坦洋村不再一

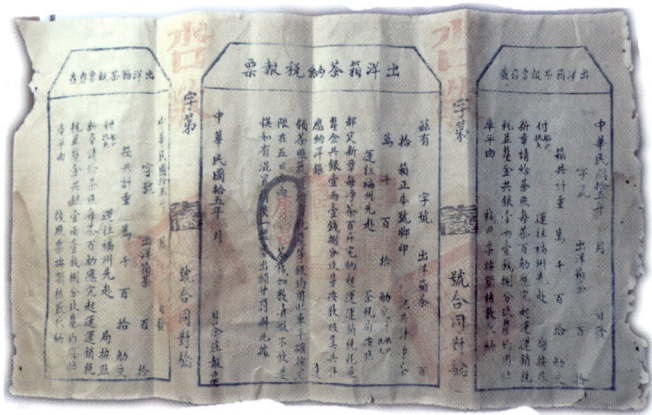

民国15年（1926年）的出洋箱茶纳税报票（刘希明提供资料）

---

[1] 《三都澳海关十年报》（1912—1921年），见《福建文史资料》第十辑，第177页。
[2] 王泰和（1870—1940年），民国前期闽东著名实业家，原籍福安上白石佳浆。民国7年（1918年）首开三都澳到福州的轮航，后创办"泰安"、"乾泰"轮船公司，鼎盛时有轮船20余艘。抗战初期这些轮船全部为当局征用，载巨石沉于长门港口阻敌，后全部被日军飞机炸沉，王泰和也随之破产。王泰和生卒年据佳浆《云湘王氏宗谱》，1950年重修本。

枝独秀，福安一邑茶号多时达到百余家，^①以赛岐码头为出发点的海上茶路风光无限。

福安的坦洋、穆阳，福鼎的白琳，政和的铁山，寿宁的斜滩，周墩（今周宁，旧属宁德县）的东洋是北路茶的重点茶区。以上除了白琳，其余茶区出产的茶品大多经由赛岐码头过驳出口。以寿宁为例，从斜滩到赛岐码头的120华里水路，斜滩艚每船每次运茶20箱（每箱净重精制红茶75斤），合1500斤精制茶；以民国22年至23年（1933—1934年）为例，该县年产精制茶叶3万担，共需船运2000船次。^②这才只是斜滩一路。当年以赛岐为起点的海上茶路之繁忙程度，可见一斑。

民国16年（1927年），坦洋茶商胡修诚在赛岐创办"裕通轮船公司"和"裕泰来茶叶公司"；几年以后（上世纪30年代前期），福安茶商合资成立了"福寿轮船公司"，实现了用轮船将茶叶从赛岐直接运往福州口岸的愿望，使以赛岐为起点的海上茶路更加便捷。

从赛岐码头起运出口的北路茶与年俱增。"北路包括旧福宁府属之福鼎、霞浦、寿宁、福安、宁德、周墩、柘洋等县区及屏南一县……茶树之种植，产量之多，几占全省总产量十分之七"。"上自政和新村，下至宁德、霞浦，方圆几百里，周围六、七县，茶叶均为福安所购"。"内地之运输，除一部分陆路用肩挑外，其余皆由水路运输"；"寿宁之茶……经武曲、社口而往赛岐"；周墩（即周宁）之茶则"直接由陆路挑运至福安之穆阳，经赛岐出口"。^③

出洋红茶包装盒广告（胡祖荣提供资料）

---

① 张天福《三年来福安茶业的改良》，福建省农业改良处茶业改良场编印，福州仓前山知行印务局，民国28年。

② 卢陵《民国时期的斜滩工商业》，见《闽东民初社会》（闽东文史资料第十辑），宁德市政协文史委2011年编印，第372—373页。

③《福建之茶》，福建省政府统计处，民国30年。

赛岐旧码头之一

　　赛岐有着如此巨大而且长盛不衰的茶叶运转业务，民国23年（1934年）福建省政府在这里设立了"福建省建设厅茶叶局办事处"和"中国茶叶公司福建办事处赛岐包运管理栈"，加强这一方面的管理。

　　民国23年（1934年）"福安茶地面积达6万亩，占全省茶地面积的10.3％；茶叶产量达5.1万担，占全省茶叶产量的21.7％，居于全省第一位。茶叶产值达大洋178万元。其中有4.2万担销于福州。"[1]民国24年（1935年）统计，福安全县共有茶庄67号，遍布县内各主要茶区。其中赛岐本地有4号：高旭记（经理高而山）、阮泉盛（经理阮六弟）、合和春（经理陈汶波）、协新春[2]（经理阮细弟）。

　　民国11–26年（1922–1937年）抗日战争全面爆发的16年，是以赛岐码头为起点的海上茶叶之路的辉煌时期。

3. 闽东海上茶路的终结

　　茶叶作为闽省的大宗特产，历来受到政府和社会的普遍重视。全面抗战以后，为争取经济战线上的胜利，广拓国际贸易，换取外汇，支持长期抗战，闽省当局按民国政府的既定政策，推行茶政改革，实行茶叶管控。

　　抗战初期，福建省贸易公司在福州创办福春茶厂，计划设4个分厂，第一分厂设在赛岐，委高裕松担任经理，生产准山茶和花香茶（均属绿茶系列）销往苏俄。后因局势紧张，花源断绝，福春茶厂移于福安溪柄，仅设一厂，只生产准山绿茶，继续为抗战赚取外汇。民国27年（1938年）5月，厦门沦陷，福

---

　　[1]《福建之茶》，福建省政府统计处，民国26年。
　　[2] 陈鸣銮《福建福安茶业》，福安县职校茶场丛刊第一种，民国24年。

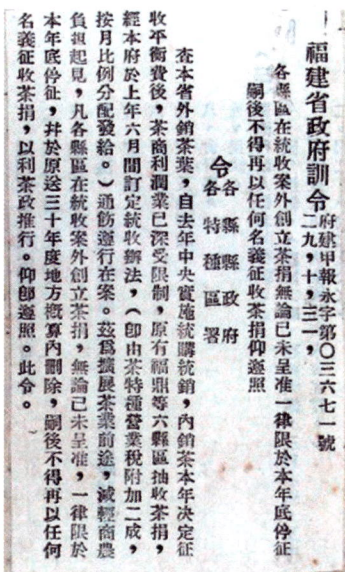

民国 29 年福建省政府停征茶捐训令剪报

州局势空前紧张，当局奉令将全部闽茶运往香港进行贸易，以确保茶叶的外贸安全。松溪、政和两县之茶也改由寿宁至赛岐出口。[①]从赛岐码头起运的北路茶一律迳运香港。这一年外销闽茶近 10 万箱（每箱 25 公斤，下同）2482.2 吨，其中福安茶（未含经赛岐外运的外县茶）45360 箱 1134 吨，占全部外销闽茶的 36.80%。[②]

民国 28 年（1939 年），由于欧战的影响，国际商路阻滞。为充分利用当时十分有限的运力，国民政府以"重质不重量"为外销统制策略，以期尽可能多生产优质茶品，各茶商茶行严格按照省茶业管理局核定的茶类准制箱数产制优质茶叶。由于政府当局的鼓励，民国 28 年外销闽茶增加到 18.33 万箱，其中福安茶 5.1 万箱，占 27.78%。是年外销闽茶除红白茶外，还有部分绿茶（花茶）和青茶（乌龙茶），后两种茶以往主要是内销和侨销，战时为增加经济力量，也加入外贸队伍。[③]

民国 29 年（1940 年）7 月，三都口岸遭敌轰炸，三都港成为死港；民国 30 年（1941 年）4 月，福州沦陷。既而太平洋战争爆发，从亚太到欧陆，战云密布，商旅断绝。尽管省政府公布了种种鼓励优质茶叶产制的政策，依然无法挽救茶业颓势。就全国（大陆）来说，茶叶出口量从民国 27 年（1938 年）的 4.27 万吨跌到民国 30 年（1941 年）的 0.91 万吨；此后还不断递减，到民国 34 年（1945 年）仅余 0.05 万吨。[④]北路茶也跌入绝境，海上茶路几乎无茶可运。

抗战胜利后，中国茶业开始逐步复苏。到民国 37 年（1948 年），中国大陆出口红茶 0.582 万吨，超过战前（1936 年）0.96 万吨的 60%。[⑤]北路茶也同步

①《福建之茶》，福建省政府统计处，民国 26 年，第 184 页。
②陈萱《两年来闽茶输出贸易概述》，《闽茶季刊》第一卷第二期，民国 30 年 1 月出版。
③柯仲正《闽茶统销的回顾》，载《闽茶季刊》第一卷第二期，民国 30 年 1 月出版。
④陈宗懋主编《中国茶经》第 734—735 页，上海文艺出版社 1992 年版。
⑤陈椽《大战前后茶叶输出比较》，见《中国茶讯》1950 年度综合版第 157 页，上海中国茶讯社刊行。

复苏。由于笔者尚未查阅到有关的详细数字，读者可以通过上述数据，理解当时北路茶的外销情景，进而理解海上茶路的恢复程度。

民国 37 年（1948 年）福安县统计，全县登记注册的茶厂茶号共计 82 家。赛岐巨商高裕松经营的高旭记茶厂，实力雄厚，长盛不衰，为当时福安的茶业巨头。该厂面积 1000 方丈，厂房 5 间，注册资本 20 亿元（旧币），其中流动资金 10 亿元；除经理外，还有主任技师 1 人、茶师 5 人、技术员 2 人、会计 2 人、庶务 1 人、领工 2 人、茶季制茶工 200 人、拣茶女工 600 人，年产茶叶 8000 担，其中红茶 4000 担，花茶（绿茶）、乌龙茶各 2000 担；原料毛茶三分之二从福安南半县收购，其余来自宁德、霞浦两县。此外，高旭记还在福州设办分厂，进行绿茶薰花加工；在上海、台湾、香港等地设茶叶办事处，开展茶叶批发销售业务。由于高裕松还兼营轮船公司，茶叶运输十分方便；高旭记茶厂的产品抵榕后进行再加工和包装，红茶转运香港外销，花香茶运往天津销售华北，乌龙茶则经由香港销售南洋。[①]

赛新街旭记茶厂旧址

据华东军政委员会土改委员会的调查统计，1950 年福安专区七县共产茶叶 50500 担（其中福安 16000 担、霞浦 200 担、福鼎 15000 担、宁德 10000 担、寿宁 5000 担、周宁 4000 担、柘荣 300 担）。[②]这些茶叶基本上循着传统的海上茶叶之路，运往自己该去的地方，其中过半数从赛岐码头起航。

1952 年 6 月，三都港奉命关闭，闽海关三都支关撤销，以赛岐为主要起点的闽东百年海上茶叶之路终结。

---

① 资料来源：福安市档案馆《民国三十七年档案》第 435 卷。
②《福建省农村调查》，华东军政委员会土地改革委员会 1952 年编印，第 16 页。

第四章 行会旧事

一 商会组织

商会是商品经济的必然产物。是商人依法组建的、以维护会员合法权益、促进工商业繁荣为宗旨的社会团体法人，是市场经济条件下实现政府与商人、商人与商人、商人与社会之间相互联系的重要纽带。

1. 商会组织的初创

光绪二十七至三十一年（1901—1905 年），清政府连续颁布了一系列"新政"上谕，其中包括在原来的"六部"外增设农商部，在北京成立商务总会，并通令各省县筹办商务分会。光绪三十一年（1905 年），福安县由赛岐殷商丰泰美、新合发、李坤利三家南北京果栈发起，联合县城的陈万珍、陈和春、陈拱福、刘和成，阳头的仪记、森成、张聚顺等商号，筹备组织，在县城湖山成立福安县商务分会，是为福安县商会组织之创始。

初创的福安县商务分会实行总理制。会内设总理一人，综理会务，为分会负责人；总理下设干事会，有成员若干，置干事长一人；其余参加组织的成员商户负责人称会友。会内还设师爷（管文牍）、坐办、庶务、书记 4 名职员。第一届总理郭光煦，系上白石郭长盛、阳头森成布庄、赛岐美记南货栈的老板或股东。

赛岐殷商对福安商会组织有很大的影响力。商务分会成立初期，地方绅士受传统"本末"观念的影响对商人组织不以为然，有人还向当局提出承办坐贾捐的诉求，而商务分会方面认为此捐应当由商家自己分摊，不能由外人承办，于是发生了一场争夺坐贾捐承办权的诉讼。发起成立商务分会的赛岐"三栈"商家以丰泰美老板陆玉田为代表，出庭与绅士代表辩讼，结果"三栈"方面胜讼，坐贾捐判由商家领回分摊。此案使赛岐殷商在福安商界影响力倍增，陆玉田也因此连续当选第二、第三两届福安县商务分会总理。

早期福安县商务分会经费主要靠赛岐"三栈"等几家殷商的会金。坐贾捐归商务分会摊收后，随之而来的纳捐、布捐、京果捐、糖捐等也归县商务分会承领摊收，分会经费除会员会费外主要以征收税捐的附收和提成手续费来充抵。

清末的商务分会和民初的商会都设有商务公断处，仲裁商务纠纷。为保护商民权益，会里还成立商团，设有团丁。商务分会和民国前期的商会与地方官府没有隶属关系，对上行文可以直达农商部，分会总理和商会会长身份仅次于知县和县知事，是当时地方唯一颇具权威的民间组织。

2. 民国前期的商会

民国后福安县商务分会改为会长制，名称也改为县商会。会内设正副会长各一人，由会员选举产生，会长下设评议员、调查员若干，商会成员名称由原来的"会友"改为"会员"。

旧时，赛岐商业输出以茶、油为最，输入以咸鱼、布匹和京果为大宗。光绪十四年（1888年）天主教北福建代牧区派副主教高满珍兼任福安城关本堂，高教士为报答禁教时期福安池家的救助之恩，出资帮助池家在赛岐开设鱼行；民国初年池恩铭因包办赛岐鱼牙致富，并当选商会会长。

池恩铭后，福安王隆泰钰记布庄老板王守巡接任会长，接着的一任又是池恩铭。再后依次是郑承庄，陈王基，刘宗彝。后三人中郑是县城日昇号经理，陈为省议员、福州福安会馆总理、福生春茶庄经理，刘系军旅出身、地方名人。陈王基任内"会长"改为"主席"。

民国16年（1927年）商会改行委员制，由会员选举产生执行委员13—21人，监察委员7—15人；执行委员中推选常务委员5人，常委中

福安县商会组织许可证书（福安市档案馆资料）

再产生主席 1 人。原来的文牍改称秘书，坐办、庶务改称干事，书记改称录事。[①]

早期福安商会的任职还有其他说法。

福安阳头过溪的栖云岭边有一穴坟墓，墓主李翰青（号雪樵，1877–1927 年），从墓碑上可知其生前身份系"福安县教育会、农会、商会会长"。据《雪樵诗抄》（民国抄本）卷首《李雪樵先生传略》载，李翰青曾"被选为公益社社长、县教育会会长、农商会会长，不辞劳怨。民国十五年，周荫人溃军入境，数以万计，城阳迁徙一空，当局惊惶。斯时周军参谋某索费数十万。先生同某在县商会终夜不寝，与之周旋，舌敝唇焦，才济于事。其保全全城，阙功甚伟"。

据福安市工商联前负责人陈春江 1995 年提供的资料，福安县商会始于清光绪二十年（1894 年），从初始至民国 15 年（1926 年），历任会长为：光绪二十年至三十三年（1894–1907 年），洪如恩、陈琼；宣统元年至八年（1909–1911 年），王邦溪；民国 1–5 年（1912–1916 年），陆邦兴；民国 6–8 年（1917–1919 年），李凤藻；民国 9–15 年（1920–1926 年），郑承庄。[②]

3. 民国后期的商会

抗战全面爆发前的十年，赛岐的商业经济在原有基础上有较大的发展。赛岐高旭记老板高裕松（高而山）经营京果业、糖业和茶业，成为一方巨商，民国 22 年（1933 年）当选县商会主席。

民国 26 年（1937 年）年底，国民党福安县党部着手整顿商会组织。继高裕松之后，民国 27 年（1938 年）陈绍龄接任商会主席。陈绍龄又名陈慕彭，系溪潭凤林人，也是很有实力的赛岐商人，是"建安"轮船公司的业主之一。两年后，先后接任主席的是原商会秘书陈大均和国民党福安县党部卸任书记长刘宗震。民国 36 年（1947 年），商会改为理事制，刘宗震继续任理事长，直到 1949 年。这一时期由于时局动荡，福安县商会少有建树。[③]

1953 年 6 月，福安县人民政府组织工商业者成立县工商业联合会（简称"工商联"）。[④]旧商会的历史结束。

---

① 资料来源：《旧商会的建立、体制》，福安市档案馆藏福安县工商联档案，1955 年永久第 3 卷。

② 见《民国福安社会》福安文史资料第 19 辑，第 61 页。

③ 资料来源：《旧商会的建立、体制》，福安市档案馆藏福安县工商联档案，1955 年永久第 3 卷。

④ 福安县工商联 1966 年被停止活动，1969 年被撤销；1985 年恢复，并重新开展活动。

二 同业公会

同业公会是商品经济发展到相当程度的产物。手工业者或商人为限制竞争、规定生产或业务范围、解决业主困难和保护同行利益，由相同或相关行业联合组成。

旧时福安县在同业公会组织尚未成立之前，相同行业称为"帮"，如布帮、鱼帮、船帮、京果帮等；随着行业规模的扩大，后来"帮"改成了"业"，于是有了如布业、鱼业、船业、京果业等同业组织。

商号数量较多的行业以商号代表为公会会员，代表（会员）名额按商号资本量分配，由会员选举执行委员 7-9 人，由执行委员中选出常务委员 3 人，再由常务委员中选出主席 1 人。会员人数少的同业公会只设执行委员 5 人，常委 1 人，不设主席。

当时规定，一般行业的商号达 7 家以上、重要行业（如油业、布业）达 3 家以上，就可以成立同业公会，县商会组织以同业公会为基础，各公会推选会员代表参加商会；同业公会通过"行规"对本行业会员单位（商号）进行管理，要求会员严格自律，遵守商业规则和政府法令。未组织公会的行业商号可联合推举代表参加商会。

1. 船舶行业的公会

民国 25 年（1936 年）福安县轮船业同业公会和民船业同业公会在赛岐成立。

（1）轮船业同业公会

轮船业同业公会由 9 家赛岐轮船公司组成。公会负责人：主席委员林玉亭；常务委员李松康、徐鸿轩。

会员名单（轮船公司及业主或代表人）如下。

"福安"轮船公司：林玉亭、王介园；

"顺昌"轮船公司：陈灼尧、李松康、李春华；

"福源"轮船公司：方秀凌、方灿炎；

"建安"轮船公司：陈绍龄、李松康、郭曾嘉；

"升安"轮船公司：陈详辉、陈大均；

"新济"轮船公司：王景福、王子雯；

"升龙"轮船公司：王岐凤、王鸣山；

"利捷"轮船公司：王槐庭、徐鸿轩；

"金安"轮船公司：邦周、龚云。

抗战全面爆发后，以上商船为政府征用，运载沙石，沉船堵塞闽江港道以阻滞日寇的进攻，后全部被敌机炸毁。

（2）民船业同业公会

民船业同业公会会员总数74人、民船60艘（其中连江籍船24艘）。公会成立初期的负责人名单如下。

主席委员：苏化南，"金德兴"代表。

常务委员：方秀凌，"金胜发"代表；毛鸿翰，"瞻海星"代表；徐玉村，"金旺顺"代表；苏震城，"郭旺商"代表。

后苏化南身故，公会工作因之停顿。当时正当抗战初期，当局对民船业公会十分重视，民国27年（1938年）8月，国民党福安县党部派员指导整顿民船业公会，重新登记会员64人，并于当年11月召开会员大会，选出新领导机构。

主席委员：李玉书，"郑寿兴"船东。

常务委员：林玉亭，"金胜利"船东；陈俊金，"谢谦利"船东；李焕芝，"金铭隆"船东；苏连资，"翁顺源"船东。

执行委员：黄加富，"金捷顺"船东；郑志波，"黄如利"船东；郑允恭，"合兴利"船东；林长玉，"金同兴"船东；曾元水，"升万利"船东。

候补执行委员：郭积庆，"郭源顺"船东；林木陆，"林旺利"船东；陈奶贵，"金宝发"船东。

整顿后的民船业公会对会员提出要求，其中包括：革除船业弊害，禁止同业走私以及背运仇货；劝导船商就安全港口航行，免为敌舰所危；劝导船商勿入沦陷港口通商等。[①]

2. 其他行业的公会

下面分叙民国27年（1938年）赛岐其他行业公会的会员情况（商号名称及其经理、代表姓名）。

商店业18人："豫大有"酱业，缪少山；"昇记"丝线业，王成瑜；"新

[①] 福安县民船业同业公会《民船业公会整理总报告》（民国27年11月）。福安市档案馆藏民国档案，民国27年永久第274卷。

记"丝线业，陆绍松；"振泰"绸缎业，郭涵芳；"通记"商业，陈石传；"同源兴"油业，陈绍铭；"咸宁院"西医业，陈少猷；"卜内门"肥料业，林正俭；"常丰昆记"肥料业，王明庭；"天云锦"染坊业，阮茂园；"郭源顺"酒釉业，郭奶轩；"光裕昌"山货笋业，吴庆京；"裕昌"杂货业，谢济田；"亨利"杂货业，陈肃亨；"益泰"棉苎业，郭涵珍；"恒益昌"堆栈业，林国帧；"拱同兴"堆栈业，许新周；"熔记"鼎炉业，王克绍。

京果业23人："谦益"，李松康（县同业公会主席）；"光昌坤"，陈慕彭；"恒裕"，陈汶波（以上县同业公会常委）；"聚恒丰"，詹步绍；"裕升"，陈灼尧；"新义兴"，郑宣化；"恒益昌"，林霈章；"公义昌"，吴廷璋（以上县同业公会委员）；"王鸣记"，王鸣山；"大昇"，林寿山；"高旭记"，高而山；"泰新丰"，陈少镛；"昇康"，陈益今；"大聚珍"，罗允波；"恒兴"，阮永勤；"宏丰茂"，林少干；"陈清顺"，陈洪铨；"益昌珍"，刘雪山；"郭益昌"，郭大红；"源康"，郭少均；黄照山，阮祖箴，黄赠谦。

布业8人："陆丰记"，陆子舆（县同业公会主席）；"益泰"，郭涵芳（县同业公会常委）；"豫源兴"，黄赠松；"通泰兴"，王怀波（以上县同业公会委员）；"泰春和"，詹步益；"阮泉盛"，阮淑侯；"协记"，谢玉山；"裕泰昌"，张吉臣。

药材业3人：苏凤钧（县同业公会主席）；林凤廷；"丰泰安"，阮振达（以上县同业公会常委）。

酒业5人："郭源顺"，郭奶轩；"王豫昌"，王石伦；"通和"，李宗淮；"苏泉记"，苏仰瞻；"五味和"，詹允生。

油业13人："合盛"，李玉书（县同业公会主席）；"同源兴"，王汝霖；"阮泉盛"，阮赐藩；"益昌珍"，林步洲；"金日兴"，金聚波、金蔚麟；"拱同兴"，许新周；"宏丰茂"，林赞成；"豫园兴"，黄金章；"公合兴"，吴金书；"郭益昌"，郭五弟；"源裕"，陈光弟；"郭荣丰"，郭德荣；"宏昌"，林进元。

烟业4家："通华"，郭木树；"万善春"，毛春山；"万家春"，阮金弟；"益昌珍"，黄贵壬。

苏广（百货）业4人："姚双丰"，姚阿在；"信记"，许阿细；姚男卿；林旺生。

文具业3人："大书林"，苏光赠；□康；詹炳祥。

鞋业3人："大同"，李毓英；"华昌"，林祖祥；"玉华彰"，詹兴木。

饼业10人："一品珍"，阮金华；黄嫩嫩；"奇品香"；"李春记"；"李茶记"；"华罗"；"吴昌记"；"金伦华"；"王品珍"；"贡余香"（以上商号代表人名从略）。

米业3人："裕同昌"，余世贤；"天益"，徐焕文；"同和"，王逸溪。

鱼业41人："通和"，李焕芝；"豫慎昌"，李瑞甫；"郭源顺"，郭奶轩（以上县同业公会常务理事）；"玉记"，林玉亭（以上县同业公会理事）；"康寿昌"，林丛村（县同业公会常务监事）；"泉成协"，陈俊金（县同业公会监事）；"郑利记"；"顾英记"；"森记"；"陆长春"；"坤和"；"陈兴记"；"郑洪记"；"李醇记"；"林慎记"；"郑顺利"；"合记"；"书记"；"昌泰兴"；"咸昌"；"合顺荣"；"同兴"；"发记"；"实记"；"隆慎"；"源裕"；"善德昌"；"怀记"；"石记"；"义顺兴"；"双同兴"；"双盛祥"；"福昌成"；"聚记"；"昌记"；"郑祥记"；"衡通进"；"陈清顺"；"公合兴"；"郭荣丰"；"合顺成"（以上商号代表人名从略）。

以上13个行业，赛岐会员合计134人；其中在县公会担任主席4人，担任常务理事或常务监事8人。从以上各同业公会赛岐会员的分布可以看出20世纪30年代（民国中期）赛岐工商业的繁荣景象。许多商号除设铺营业外还经营批发转运，使赛岐成为闽东北内陆商家最主要的商货来源地和土产出口码头。如文献所说，"闽东各地货物，多由此进出，商业之盛，俨如大邑"[①]。

民国36年（1947年）商会改为理事制，改称原来的执行委员为理事，常务委员为监事，主席为理事长。同业公会机构也相应进行更改。

3. 工商联的行业委员会

1950年，福安县人民政府根据上级精神，重新登记工商行业和工商户，并改组为12个同业公会。

1953年6月福安县工商联赛岐分会成立以后，同业公会解散。按照经营性质，重新组建商业、服务业、手工业和摊贩业4个同业委员会，分头管理本镇性质相近的若干行业和工商户。同年10月，同业委员会改称行业委员会，行业委员会对县工商联赛岐分会负责。1956年福安县工商业社会主义改造完成以后，行业委员会解散。

---

① 《福建之茶》福建省政府统计处，民国30年。

1953 年福安县工商联赛岐分会各行业委员会委员名录

业类	主任	副主任	业务辅导	组织宣传	财务税收	调查统计	卫生治安
手工业	缪剑英	陈奶松	郭启燃	陈鸣昭	郑元瑞	袁秀锦	杨茂兴
商业	阮泽铺	姚阿桑	陈子秀	黄原	李成生	阮振隆	陈赞唐
服务业	王富明	王鸣章	詹第二	李奶聚	潘廷英	唐修钦	范月平
摊贩业	陈奇安	陆仍贵	林光麟	黄生现	陈奶孙	阮伏咏	邱家生

三 行业商号

随着社会经济的发展，赛岐的工商行业类别不断丰富，商铺不断增加。清末民初以及民国中期的行业分布，前文已叙。本节主要叙述民国后期和中华人民共和国成立之初的赛岐工商业各行业的基本情况。

民国中期以后的情况比较明晰。上节《同业公会》对此已有比较详细的介绍。

福安市档案馆有一份 1951 年的《赛岐工商业各行业调查表》，[①]长达二百多页，项目具体，内容丰富，反映了中华人民共和国成立初期赛岐商品市场的新变化（如 1951 年 5 月福安 26 名商人集资 3 万万元旧币在赛岐开办"工农土产联营行"）。更重要的是，通过这些我们可以了解旧赛岐工商业的基本情况；虽说盛衰浮沉是商海常态，但是由于行业存续的历史稳定性和商业经营活动的惯性，该调查资料为我们了解 20 世纪 40—50 年代的赛岐工商业打开了一扇窗子。

下面根据该文献资料，对当时赛岐工商业各行业面貌进行分析。

1. 街市与商号

北大街

布业：坤成，裕源胜，合益，云彰，源安（兼营油业），恒信，通泰；

土产：工农（联营）；

国药：健康，恒安；

[①]《福安县赛岐工商业各行业调查》，福安档案馆藏县工商联档案，1951 年永久第 1 号。

京果业：永源新记；

百货（苏广业）：裕新，集成，红星，同升；

加工业：利民，年丰，民天；

酒业：大众源记，溢通，公春；

山货业：益记，郭锦记，公孚，同盛，福升昌，协源，双顺，裕农；

油业：同华；

饼业：同绫，生生，新奇珍；

酱园：日新；

客栈：合顺，永安，郑旺记，迎宾，公宁，东安，友好，万安，旅新，荣记，大中，宁安；

制糖业：协成；

砭业（陶器）：双兴；

肥皂厂：永固；

制鞋业：百美；

纸业：宏华；

棕绳业：林成梓，叶赠弟，赵成周，龚益明，郑元树，沈大头，陈章现，潘妹五；

木器业：王四弟，薛位嫩，谢古弟，刘锦和，薛脓妹，薛成仔，缪成生，薛成贵，缪红茄，郭寿德；

打银业：永珍；

裁缝业：新新，联工；

理发业：特华，新工。

中兴街

布业：福华，胜华，裕昌，百绫，美琪，仁记；

国药：裕隆昌，裕康；

京果业：永隆裕记，平原，信孚，华昌；

苏广（百货）业：锦新；

加工业：宏仁；

上岐头店面

北大街旧址

中兴街旧址

吉来街旧址

酒业：天泉（兼营烟业），建醇；

烟业：协华；

山货业：建昌，同春，永章，建新，聚源，同裕盛，恒坤，明记，杨永章，建丰，联益，泰盛，信兴，恒兴，联友，耿记，联盛，协盛，隆安，裕昌荣；

酱、杂货：源美；

鱼货：同新，王鸿记，协隆昌，光华，同丰，郑贰记，双兴，红霞，义兴，荣丰，衡昌，乾记，衡泰；

饼业：溢昇香，天奇珍，红绫；

盐业：民益，协记；

制伞业：新泰美；

香店：庆祥云；

染布业：久同；

制鞋业：时美，华美，廉美；

纸业：林荣记；

裁缝业：王明章，陈瑞仁。

东大街

布业：和平，中工；

国药：协源昌，新一昌，宁康，新一源；

京果业：久余，远昌，新蘅盛；

加工业：安全；

酒业：源丰；

鱼货：协记，新义利（兼营纸业）；

面点：升美，和美，五美；

饼业：日奇香；

染布业：天云锦，潘祥华，顺安；

制鞋业：陆行仙；

纸业：楮文斋；

打银业：宜珍，钦记，陈志贤；

木器业：刘木现，缪志藩，王石寿；

棺木店：源记；

裁缝业：王木金，范月平。

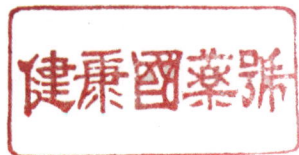

部分商号的印记

吉来街

客栈：和安，泰安；

染布业：新华；

木器业：刘六妹；

打铁店：郑成宝。

桥头店

皮革业：官记；

棕绳业：郑连山；

棺木店：和记；

打铁店：通利。

赛岐第一码头

鱼货：万利（兼营山货），华记，陈嫩嫩。

赛新街

加工业：勤工；

鱼货：协兴；

硋业（陶器）：新同昌；

牙科：郑碧云；

照相：容光；

制鞋业：新康，小可；

纸业：福华轩；

篾篷业：郑择如，郭焕弟，朱其胜，魏细弟，魏顺弟，吴择春，魏阿乜，连邦灼，林细弟，袁秀锦；

木器业：郑如寿；

理发业：胜工，美雅。

万寿街

加工业：裕丰；

饼业：品记；

制糖业：永祥；

船务：联安。

部分商号的印记

2. 行业与分布

以上商号，按当时分类标准归属 36 个行业，其中商业 11 个，服务业 6 个，手工业 19 个。这些行业在赛岐各街市的分布如下表。

1951年赛岐工商行业结构一览表（单位：户）

行业类别		北大街	中兴街	东大街	吉来街	桥头店	第一码头	赛新街	万寿街	合计
商业	布业	7	6	2						15
	土产	1								1
	山货	8	20							28
	京果	1	4	3						8
	国药	2	2	4						8
	小百货	4	1							5
	烟酒	3	2	1						6
	油业	1								1
	碌业	1						1		2
	鱼货		13	2			3	1		19
	盐业		2							2
	小计									95
服务业	染布		1	3	1					5
	面点			3						3
	客栈	12			2					14
	牙科							1		1
	照相							1		1
	理发	2						2		4
	小计									28
手工业	饼业	3	3	1					1	8
	酱业	1	1							2
	加工	3	1	1				1	1	7
	制糖	1							1	2
	制皂	1								1
	制鞋	1	3	1				2		7
	纸业	1	1	1				1		4
	棕绳	8				1				9
	裁缝	2	2	2						6
	木器	10		3	1			1		15
	烟业		1							1
	香店		1							1
	打银	1		3						4
	棺木			1		1				2
	打铁			1		1				2
	皮革					1				1
	制伞		1							1
	篾篷							10		10
	船务								1	1
	小计									84
合计		74	65	32	4	4	3	21	4	207

3. 资本与经营

（1）资本状况

以上 207 个商号（或经营者）资金在 3000 万元（旧币，1 万元相当于 1 元，下同）以上的商号有 25 家。

国药：健康，恒安，新一昌；

布业：和平，恒信，云彰，合益，仁记，中工，通泰，福华，美琪，源安（兼营油业）；

土产：工农联营；

京果：永隆裕记，远昌，信孚，华昌，久余；

酒业：建醇；

鱼业：协兴；

加工业：民天，裕丰；

制糖业：永祥；

制皂业：永固。

工农联营土产店，位于北大街，资金 3 万万元，由原"国强"京果店、"元孚"京果店和"裕昇"油店 3 家联合经营。股东：林俊（经理），郭敬中，陈绍忠，陈绍铭，黄昆山，邱禄佺，郭仁修，郭珍修，阮生弟，阮长学，李元巽，李立潮，李立寿，吴明秀，缪绍春，林震章，邱梅弟，邱德芳，邱德权，陈六弟，陈坤玉，陈友祥，陈章弟，陈春弟，陈毓萍。

和平布号，位于东大街，资金 2 万万多元，是赛岐最大的布店。股东：郑成贤（会计），陈玉泉，刘润如，郑玉岗，陈佛生，林松冈，缪志英，杨绍华，缪如弟，林则英，阮尧康，杨兴麟，陈贵弟、冯秀轩。

健康国药店，位于北大街，资金 1 万万元，是赛岐最大的国药店。股东：郭树荆（经理），阮振隆，阮仲敏，陆伯忠，陆子衡，陆绍椿，陆绍松，陆绍东，陆炳孙，陆玉孙。

永隆裕记京果店，位于中兴街，资金 5020 万元，是京果业的老大。股东：郭红弟（经理），林玉亭，郑家和，徐应振，黄谦生，朱祥新，朱逢生，朱冠文，林善莲，余廷菊，郑仲金，叶培青。

建醇酒业，位于中兴街，资金 4758 万元，是赛岐最大的酒厂。股东：刘敏才（经理），刘润如，李兆洲，温永崇，林玉成，陈玉廷，林宗勋。

民天加工厂，位于北大街，资金 4000 万元，是粮食加工业的老大。股东：

毛春山（经理），毛翠秀，潘廷英，陈玉泉，林成基，刘秋华，陈绍梅，游景春，缪如弟，"和平""协源""泰盛""万顺""同益"等8家商号（另3家为山货店）。

永固肥皂厂，位于北大街，资金近4000万元，是当时闽东少有的采用化学工艺制皂的厂家之一。①股东：王尚勇（经理，泰顺人），陈学庭（陈绍忠），陈秀明，赵碧（以上赛岐人），缪剑英（穆阳人），王友燕，杨志卿，徐英妙（以上泰顺人）。

协兴鱼货店，位于赛新街，资金3800万元，是赛岐最大的鱼货店。股东：缪如弟，陈明全（陈玉泉），陈少梅，游景春。

永祥糖业，位于万寿街下港，资金3500万元，是赛岐最大的糖厂。股东：李金泉（经理），杨祥举，郑作龄，张位清，源盛号。

赛岐36个工商行业中，与民生关系密切的主导行业13个，共有103个商号（商店、工厂），资本占有比例也特别高。共有资金226859万元，近占当时福安全县私商资本金额597800万元②的40%。

1951年赛岐部分私营工商行业资金一览表（单位：户、万元）

行业名称		商号数（户）	行业资本金额（万元）	商号平均资金(万元)
商业	布业	15	66213	4414
	土产	1	30000	30000
	山货	28	25588	914
	京果	8	27511	3439
	国药	8	24310	3039
	小百货	5	2300	460
	烟酒	6	9961	1660
	油业	1	1650	1650
	鱼货	19	17013	895
	盐业	2	900	450
	小计	93	205446	2209
手工业	加工	7	13093	1870
	制糖	2	4400	2200
	制皂	1	3920	3920
	小计	10	21413	2141
合计		13	103	226859	2202

---

① 永固肥皂制法：以本地出产的牛油、乌桕油为原料，配以烧碱、泡花碱，放在大铁锅中熬制，待油脂皂化后趁热倒入方形的铁皮桶中冷却，凝固；然后用钢丝将半成品肥皂切成双连初坯，晾晒缩水后，用硬木制成的印模在肥皂上打印"永固肥皂"字样，再一次稍加晾晒即成。成品按每箱72条双连皂（144单块皂）装箱，销往福安及周边各县。（缪苹提供）

② 《福安市志》，方志出版社1999年版，第463页。

此外，民国后期的赛岐还有 3 家茶厂，没有列入上表。高裕松高旭记旗下的茶厂资本金达 10 万万元，林赞臣（成）的德泰茶厂、王承瑜的裕春茶厂，资本金都在 4 万万元以上。[①]

（2）商人籍贯

赛岐工商业的经营者来自四面八方。1951 年统计的 207 个商号（或经营者）从业人员（包括股东、经理、店员、学徒等）共有 889 人，其中福安本县 821 人，外省外县 68 人。

福安本县人：五区之赛岐镇 241 人，一区（城关）227 人，二区（上白石）20 人，三区（社口）25 人，四区（穆阳）74 人，五区（赛岐）72 人，六区（甘棠）47 人，七区（下白石）24 人，八区（溪潭）41 人，九区（上白石、柘荣）20 人，十区（湾坞）30 人。赛岐镇区人中除小部分祖籍本村或邻村外，多数为本县其他村镇于近代早期迁居赛岐的经商者。

外县外省人：莆田 17 人（全部从事苏广业，即小百货），闽侯 9 人（照相 2 人，理发 2 人，皮革 1 人，木材加工 4 人），长乐 1 人（牙科），罗源 1 人（理发），霞浦 9 人（布业 3 人，客栈 2 人，苏广业 1 人，鱼货 1 人，面点 1 人，木工 1 人），宁德 13 人（酒业 7 人，布业、国药、京果、饼业、加工、鱼货各 1 人），周宁 1 人（制鞋），寿宁 4 人（京果 2 人，篾篷、客栈各 1 人），福鼎 3 人（船务），浙江省温州 1 人（布业），文成 1 人（篾篷），泰顺 5 人（制皂），平阳 3 人（客栈）。

（3）资本与经营

赛岐商人的精明在闽东是出了名的。他们的经营方式主要是坐贾零售与中转批发双管齐下，尤其重视货栈中转，扩大营销量，薄利多销；通过股份制聚集资本，把商号做大，实现整体盈利。同时采用经理负责制，使股权与管理权分离，便于灵活经营。他们还通过多头投资，以赢补亏，规避风险，降解损失。

坐商营销

上述资金在 3000 万元以上的 28 家商号，汇集了旧赛岐工商界的精英，聚拢了相当一部分财富，对地方经济有着很大的影响力。其中私营商业中布业、国药、山货京果、鱼盐等主导行业都采取坐商方式经营。商人在赛岐闹市沿街开设商号营业，前店后宅，生意、生活两方便。

---

① 《民国三十七年福安县工厂登记表》，福安市档案馆藏民国档案，民国 37 年永久第 435 卷。

货栈中转

除店铺外，较大的商号还设有货栈，充分利用赛岐得天独厚的水运优势进行批发转运。使赛岐不但是一方商埠，同时也是闽东北周边内陆县区布匹、药材、山货、京果、鱼盐等商品的批发转运中心。

牙纪中介

牙纪中介行业与货栈中转相辅相成。"牙人"相当现代的经纪人，在买卖双方之间牵线搭桥，实现"贱买贵卖"的最大化，使双方"你甘我愿"，确保交易的常态公平。据1953年统计，赛岐街市从事牙纪服务业的就有7户。

多头投资

赛岐的巨商大贾喜欢多向投资，不把所有的"鸡蛋"都放在一个"篮子"里，反映出他们雄厚的实力和明智的经营之道。如李松康开办轮船公司，投资航运业，还有京果业、布业、糖业、国药业等；郭奶轩等开办"郭源顺"，投资民船业，又投资酒业、鱼业、布业等，还是南洋兄弟烟草公司的产品代理商；高而山创办"高旭记"，投资京果业、茶业、糖业等，还开办轮船公司；林玉亭主要投资轮船业、民船业，也投资京果业、鱼业等；李玉书（李应麟）投资民船业，是"郑寿兴"的船东，又开办"合盛"商号，经销英国的亚细亚煤油；陈玉泉投资布业、鱼业和粮食加工业，是此三行业的"龙头"商号即"和平布号"、"协兴号"、民天粮食加工厂的主要股东……

合作经营

上述与民生关系密切的13个主导行业的103个商号都是合资经营，从而形成合力，比较强势。一些较有实力的商号股东多是地方名人，其中不乏家族股东的商号，形成利益共同体；并推举精明能干的股东为商号经理，处理日常商务。

这些富有前瞻性的商业理念和经营方式，保证了赛岐商埠的长盛不衰。

第五章 现代变迁

一 工商改造

20世纪50年代开始，赛岐和中国大陆各地一样，通过一次又一次不间断的政治运动，对社会生活的各个领域进行全方位的改造。"彻底砸烂旧世界"，"天翻地覆慨而慷"。本节仅叙述赛岐工商业的社会主义改造。

1. 重建金融、商业体系

中华人民共和国成立前夕，1949年9月下旬，中共福建省第三地委、中国人民解放军福建省第三军分区和福建省第三行政督察专员公署先后在福安赛岐正式成立。9月30日，以上三机关移驻福安县城关。10月3日，福安专署发出金字第一号布告，明令以中国人民银行所发行的人民币为合法货币，一切公私款项、物价计算、契约债务均以人民币为计算、结算单位；坚决禁止"金圆券"、黄金、银元及一切非法货币流通。[①]11月，中国人民银行赛岐支行成立，隶属于福安中心支行，同时建立福安金库。1953年赛岐支行迁福安县城，定名为中国人民银行福安县支行。[②]

新政权成立后，即开始建立国营商业，成立国营福安贸易公司，并在全区各县建立起27个分支机构和经营网点。福建省贸易公司成立后，福安贸易公司改为分公司，各县成立贸易支公司。国营贸易公司和分公司一揽子经营农、副、土产品和日用工业品。一方面大量收购粮、油、茶叶及土特产品，另一方面按

---

① 《中国共产党宁德地区历史大事记》，中央文献出版社1999年版，第3-5页。
② 《福安市志》，方志出版社1999年版，第591页。

照物资统一调拨制度,从省内外大量调入棉布、棉纱、化肥、石油等工业品,在掌握物资的基础上,及时向市场抛售,平抑物价,稳定市场,初步体现出国营商业的力量。1952 年 10 月,国营商业由一揽子的贸易公司分辟成立粮食、土产、煤建、百货、木材 5 个省属分(支)公司。

1950 年 10 月,福安专署召开全区第一次工商会议,提出有步骤地完成工商登记,有条件地扶持工业生产,改造与健全工商联合会及同业公会,加强市场管理。同月,闽东第一个供销合作社在福安苏阳试办成功,取得经验后向全区推广。各地供销社以帮助农村社员群众推销农副土特产品,做好农业生产资料和生活消费品的供应为主,同时配合国营商业做好粮、油、糖、猪、茶等产品的收购,成为农村人民群众生产、生活和城乡商品流通的一条重要渠道。

1952 年 1 月,政府开展"五反"运动,打击行贿、偷税漏税、盗骗国家财产、偷工减料、窃取经济情报等"五毒"违法活动,一些私营商贩受到惩罚。与此同时,国营和集体合作商业的经营业务得到稳步发展。

2. 成立工商联合组织

1953 年国家对私营工商业实行"利用、限制、改造"政策。6 月初,福安县工商业联合第一届第一次会员代表大会召开,正式成立县工商业联合会(简称"工商联")机构,同时成立县工商联赛岐分会、县工商联穆阳办事处和阳头、溪尾、上白石、下白石、社口、溪柄 6 个工商联合小组,从此各地工商从业人员有了统一的管理机构。

县工商联赛岐分会有脱产干部和工作人员共 4 人,县工商联副主任林光烘兼任赛岐分会主任。分会下面设立商业、手工业、服务业、摊贩业 4 个行业委员会,各委员会由若干行业性质相同或相近的商户组成。根据 1953 年 10 月的统计,赛岐镇参加工商联的私营工商业 297 户(未包括摊贩业户),其中商业 110 户,服务业 71 户,手工业 116 户。①

(1)商业委员会

屠宰、陶瓷、盐业各 3 户,苏广业(百货)、文具纸业各 4 户,京果店 6 户,国药店 7 户,酒业 11 户,布业 12 户,鱼货行 16 户,粮业 18 户,山货业 23 户,合计 110 户。

(2)服务业委员会

---

① 福安市档案馆藏市工商联档案,1953 年永久第 1 卷。

106

照相、油漆业各 1 户，牙科 2 户，理发、面食业各 3 户，钟表修理业 4 户，染布、弹棉业各 5 户，牙纪业 7 户，客栈业 10 户，裁缝业 30 户，合计 71 户。

（3）手工业委员会

制皂、制伞、纸店、皮革业各 1 户，酱园、棺木房、饴糖、钉秤、鼎炉、制糖、烟酒、打银、制鞋业各 2 户，打铁店、加工厂、香店各 3 户，造船寮 4 户，灰瓦厂 5 户，机面店、麦坊各 6 户，饼店 8 户，棕绳业 10 户，粉扣店 13 户，篾篷业 13 户，木桶店 20 户，合计 116 户。

3. 改造私营工商业

在大力发展国营、集体商业的同时，新政权也保护私营工商业，并逐步对私营工商业进行改造。

赛岐的工商业改造从 1951 年就开始了。这一年赛岐民天粮食加工厂实行公私合营，成为福安县第一家公私合营企业。同年，赛岐完成了从上年开始的私营工商业登记，全镇有 207 家商号和工商户参加登记，分属 36 个行业，其中商业 95 家，服务业 28 家，手工业 84 家。

此后，赛岐对资本主义工商业的社会主义改造按照上级的部署，按行业分批次、采用不同形式，不断深入。

1953 年 9 月，赛岐的农具、棕衣、木器等 3 个手工业行业改造为合作社。11 月，全县粮商进行改造，城关、赛岐、穆阳 3 镇实行粮食代销，农村个体粮商通过转业和合并的方式予以取消。

1954 年，鱼货、京果、百货、糕面等经销店，缝纫、鞋革、造船、篾器等私营手工业改造为合作社或合作小组；全县粮食使用商的原料粮食实行计划供应，粮食加工厂只加工国营粮食；全县食盐业进行改造，取消个体经销户；棉布实行统购统销，取消个体经营户，棉布店转业，资金存入银行。是年，福安县开始对全县工商业者进行登记发证，加强对私营工商业者的管理和思想改造工作。

1955 年，百货、文具、纸业改造为合作经销店。是年，县工商联召开工商界青年代表会，贯彻和平改造政策；联合妇联会召开全县工商界家属座谈会，使家属"不拉后腿"，利用亲情帮助家人改造。

为了迎接 1956 年的工商业社会主义改造高潮，1955 年 1 月，县工商联组织力量对全县私营工商业基本情况进行普查，这些私营工商业者都是社会主义改造的对象。工商联赛岐分会共有私营工商行业 209 户，分布如下。

商业：食盐、屠宰各 1 户，文具、陶器、代理商各 3 户，百货 4 户，布业、粮食各 5 户，京果 6 户，国药 7 户，鱼货 9 户，酒店、杂货各 10 户，共 67 户；

手工业：纸坊、印刷、皮革、雨伞、肥皂①各 1 户，制糖、制酱、制香、鼎炉、棺木、钉秤各 2 户，制醋、制鞋、打铁、打银各 3 户，机面、化粉各 4 户，染布 5 户，竹器 6 户，棕衣 7 户，粉扣 8 户，糕饼 9 户，细木 16 户，缝纫 18 户，共 106 户；

饮食业：面点 4 户；

建筑业：灰寮 3 户，船寮 5 户，共 8 户；

服务业：照相、汤房各 1 户，理发、补牙各 2 户，修理钟表 6 户，客栈 12 户，共 24 户。

1955 年 1 月福安县工商联赛岐分会私营工商户基本情况表

行业类别	户数	资金金额（元）			从业人员数（人）			从属人员数（人）		
		固定	流动	合计	资方	劳方	合计	资方	劳方	合计
商业	67	10681	82203	92884	147	89	236	574	341	915
手工业	106	12408	24477	36885	158	36	194	481	105	586
饮食业	4	280	160	440	9	14	23	25	19	44
建筑业	8	750	747	1497	21	0	21	72	0	72
服务业	24	5358	1415	6773	37	2	39	104	3	103
合计	209	29477	109002	138479	372	141	513	1256	468	1720

说明：根据福安市档案馆藏有关档案资料统计。

经历了前几年急风暴雨般的社会大变革，对照 1951 年的赛岐私营商业名录（见本书第四章第三节第 100 页），传统主导行业中与民生关系密切的布业、京果、鱼业商户数量和资金明显减少。

1951 年和 1955 年赛岐私营商业三大行业对照表

行业类别	1951 年		1955 年		减少量	
	商号数量	资金（万元）	商号数量	资金（万元）	商号数量	资金（万元）
布业	15	66213	5	10226	10	55987
京果	8	27511	6	8863	2	18648
鱼业	19	17013	9	1765	10	15248
合计	42	110737	20	20854	22	89883

说明：根据福安市档案馆藏有关档案资料整理、统计。

---

① 公私合营后永固肥皂厂与福鼎肥皂厂合并，在福鼎成立公私合营福鼎肥皂厂；厂长由公方代表担任，副厂长由福安和福鼎的私方代表各一人担任。该厂不久又合并到福州制皂厂。

公私合营后赛岐永固肥皂厂与福鼎肥皂厂合并成立新厂。
图为合并后的福鼎肥皂厂全体职工（缪苹提供资料）

通过一系列的政治运动，旧世界被打得落花流水。在赛岐，许多大牌商号的大股东已销声匿迹，或者改行做上别的营生，商号招牌也加上了"公私合营"字样。与此同时，国营商业取得绝对权威，供销合作社以崭新的面貌成为国营商业的有力助手。

1956年1月至2月，福安专区对私营工商业、手工业、交通运输业的社会主义改造运动全面展开，旋即形成高潮。8月，县工商联召开小商贩代表会，贯彻上级对改造小商贩的方针政策。10月，又接连召开工商界改造商和家属座谈会，宣传、贯彻中共对资改造政策，教育与会人员接受改造或帮助家人接受改造。

这样，赛岐的私营商户均得到改造。其中布业、糖业和百货业直接并入国营企业；其余的改造为公私合营（或合作商店、合作小组），公私合营企业由公方领导。改造成果如下。

国营企业：纺织品公司赛岐门市部，百货公司赛岐门市部，专卖公司赛岐门市部。

公私合营企业：公私合营赛岐国药商店，公私合营赛岐京杂商店，公私合营赛岐烟果商店，公私合营赛岐水产门市部，公私合营赛岐合作饭店，公私合营赛岐合作旅社，食品杂货赛岐合营门市部，糖果糕点赛岐合营门市部。1959年，以上公私合营企业全部并入国营企业。

合作商店：篾杂合作商店，蔬菜合作商店，豆腐合作商店，鱼潞合作商店，汤丸合作商店，油条合作商店。

合作小组：小食合作小组，糖杂合作小组，烟果合作小组，理发服务部，农民贸易服务部。

4. 彻底改造工商界

1957 年 6 月 8 日，中共中央发出《关于组织力量准备反击右派分子进攻的指示》。此后，即在全国范围开展了大规模反右派斗争。[①]

1958 年 2 月 8 日，福安县工商界的"反右斗争取得决定胜利"。3 月 26 日，赛岐镇工商界召开声势浩大的"自我改造誓师大会"，会后举行大规模的"示威游行"。6 月，县政协、县工商联组织召开"向党交心汇报大会"，赛岐工商界全体人员都向组织签订"自我改造竞赛合同"。

1958 年初，毛泽东视察农村时说，"还是办人民公社好，它的好处是可以把工、农、商、学、兵结合在一起，便于领导。"8 月，中共中央决定在全国普遍建立人民公社，把人民公社化运动推向高潮。

根据上级的有关精神，赛岐和福安全县一样，通过人民公社化运动对工商界进行彻底改造，使他们成为人民公社社员。1958 年 8 月开始，福安县组织赛岐工商界全体人员参加系列活动，提高他们对人民公社优越性的认识，最后参加人民公社，在身份上完成彻底改造。8 月上旬组织参加在上白石召开的"全县工商界及其家属参加劳动锻炼现场会议"，下旬接着参加"工商界参加人民公社现场会议"。9 月，参加福安专区组织开展的工商界自我改造检查评比。11 月底，参加福建省工商联第二届代表会在上白石召开的"工商界参加人民公社现场会"。[②]

1958 年底，赛岐工商界全体人员如期加入人民公社，成为工农商学兵大家庭的一员。

二 经济社会

1950 年代以后，中国大陆步入计划经济时代，对赛岐来说，虽然失却了往日的繁华和喧闹，但是凭着独特的地理和区位优势，达到前所未有的特殊繁荣，成为闽东人民心目中的"小上海"。与此同时，社会公共事业也得到同步发展。

---

① 中共中央党史研究室《中共党史大事年表》，人民出版社 1981 年版，第 121 页。

② 以上资料来源：《中共宁德地区历史大事记》，中央文献出版社，1999 年；《福安县工商联历史大事记》，福安市档案馆藏工商联档案，1958 年永久第 2 卷。

1. 计划经济

（1）物资储运

经过"社会主义改造"，消灭了私有制，赛岐码头不再有私营的工商企业，赛岐商埠不再有独立的商人，所有工商单位不是全民所有制（国营）就是集体所有制。国营商贸业包括百货、纺织、食糖、水产、茶叶等公司，国营航运业包括客运轮船和货运机帆船。福州港务局和银行金融业均在赛岐设立分支机构。

国家还对各类物资按行政区域进行计划分配，按经济区域组织流转，具有海运条件的赛岐，成为闽东物资的中心批发市场。省、地物资商品采购供应单位争相在赛岐设立机构，如工业品采购供应二级站、农资公司、土产公司、盐业公司、木材公司、石油公司、燃料公司、医药二级站、粮食转运站、建材物资部等。闽东各县也纷纷在赛岐设立办事处、建立储仓，以便利物资的采购和转运。截至20世纪80年代初，外地设立在赛岐的商贸及物资转运办事机构多达100多家。

作为闽东北经济区的储运中心，赛岐的交通设施也得到极大的提升。公路运输方面，这里是连接南北东西国道、省道大动脉的交通枢纽。水运方面，赛岐始终是闽东的中心港口。1957年后，赛岐港区东岸建成钢筋混凝土框架式的港务货运码头，改变了赛岐港在江中过驳装卸货物的历史；水产、粮食、煤炭、石油、木材、食糖等7座专用码头也相继建成。基础设施的不断升级、完善，使赛岐港的靠泊能力不断提升，到1980年代，赛岐港码头的吞吐量位居闽东之首，省内仅次于福州港、厦门港。

1980年代的赛岐码头（夏念长摄）

赛岐码头搬运装卸业的发展很能说明问题。据《福安交通志》，1952年赛岐搬运站有职工96人，凭肩挑背扛和两架木轮板车进行作业，生产力水平与"甲工"时代相差无几；1961年赛岐搬运社职工220人，用一台木质吊杆机作业，运量1.1万吨；1979年赛岐搬运公司基本实现机械化或半机械化作业；1982年，赛岐搬运公司有职工约400人、运量15.45万吨、周转量16.63万吨公里。

《福建省志·商业志》载，计划经济时代，国营商业在赛岐设立二级批发站、仓库、转运站、采购站等40多家企业，在上海设立中转货运站。整个闽东北地区除福鼎、政和两县的部分计划商品货源划由福州站供应外，90%的商品都是由上海直接海运到赛岐，再由赛岐二级站批发供应给本经济区。

赛岐成为计划经济时代闽东北经济区独一无二的物资储运中心。

1980年代以后，随着批发市场的逐步放开，温州、福州两个城市对闽东市场的商品辐射进一步扩展，赛岐中转批发市场的地位与作用有所减弱。但总体上说，赛岐仍不失为闽东地区商品流通的一个主要集散地。地区工业品站、农资站、土产站、石油站、盐业站、粮食转运站、医药仓库等商品批发机构和工业专业公司，仍设置于此。

（2）工厂企业

计划经济时代，在上级的统一规划之下，地方政府和有关部门发挥赛岐的地理交通优势，发展经济，在赛江两岸兴建了许多工厂企业。《福安县地名录》载，1980年赛岐镇有地区和县所属的工厂21家：地区面粉厂、冶炼厂（后改第二无线电厂），县造船厂、轻工制品厂、自来水厂、酒厂、瓷器厂、机械配件厂、五金厂、服装制鞋厂、日用品厂、电扇厂、棕麻厂、打火机厂、电池厂、电器塑料厂、电器厂、糕饼厂、酱鲱厂、粮食加工厂、粮食复制品厂等。

下面举其要者而述之。这些工厂企业都是时代的骄子，曾经为国家建设和地方经济做出重要的贡献，在省内、区内和行业内独领风骚。

1991年赛岐大桥通车前的轮渡（夏念长摄）

赛岐酒厂　该厂创办于 1952 年，址在赛岐万寿街，为福安市最早的国营企业之一。1955 年与福安酒厂实行公私合营，归福安专区管辖，主要生产红米酒、黄酒、蜜沉沉酒和白烧酒。1966 年两家酒厂分开，赛岐酒厂为福安地方国营企业。除"蜜沉沉"外，还生产"稻香液""赛江老""赛江元红""茉莉茶酒""鸡老酒"和低度白酒等。"蜜沉沉"曾被评为福建名酒，1989 年获北京首届国际食品博览会金杯奖。

赛岐酒厂的"鸡老酒"商标

福安县国营造船厂　该厂起源于 1953 年成立的赛岐造船小组，地址在赛岐镇下港。1958 年正式成立地方国营福安造船厂，是福安县唯一的国营造船企业。早期船厂主要修造中小型木帆船。20 世纪 70 年代试制钢丝水泥船成功，最大的钢丝水泥船达到 150 吨位。1983 年，县造船厂抽调力量，在下白石顶头江边筹建拆船厂；1984 年开始经营拆船业务。1998 年，福安市造船厂和拆船厂进行股份制改造，成为闽东丛贸船舶实业有限公司。

福建省闽东面粉厂　位于赛岐下港，1959 年建成投产。国有企业。建厂初期，日产面粉 30 吨，年生产能力 4000 吨，承担福建省东北部地区的面粉供应任务。

1980 年代的闽东面粉厂（资料）

1980 年代工厂有较大的发展，为国家二级企业，曾被评为省级先进企业和粮食调拨先进单位。1989 年后，工厂进行经济体制改革，实行承包经营，仍主营小麦粉生产。

福建省赛岐铁合金厂　该厂位于赛江西岸的罗江，原名宁德地区冶炼厂，1975 年建成投产，国家二级计量管理企业。建厂初期生产铸造用生铁。1980 年代开始生产硅铁合金、硅钙合金等，多种产品曾获部优、省优称号，曾被冶金部列为全国 45 家地方铁合金骨干企业之一。

福安县打火机厂　位于赛岐凯旋路，由成立于 1950 年代的赛岐木器社转轨而成，为县属二轻集体企业。1974 年开始生产打火机，后发展成为轻工部在福建省定点的打火机专业厂家，产品多次获省优。1988 年升为省基础企业，1990 年成为全国打火机行业协会理事单位。

福安糖厂　位于三江口东岸赛岐镇区北侧。1986 年建成投产，生产白砂糖和赤砂糖，产品的半数按国家计划调拨。1990 年日榨糖蔗 850 吨、年生产能力1000 吨。①

改革开放以后，这些曾经风光无限的工厂企业都发生了翻天覆地的变化。大多数因适应不了新的经济形势而被迫停产；有的因"资不抵债"而宣告破产；有的经历了改造和重组，以新的面貌加入"具有中国特色的社会主义市场经济"轨道继续运营。

2. 社会事业

1950 年代以后，赛岐的社会事业在曲折中发展。到 1980 年，赛岐镇有完全中学 1 所（福安二中），小学 3 所，中小学生超过 3000 人；有县立医院 1 所（福安县医院），保健院（卫生院）1 所。改革开放以后，社会各项事业快速发展。下文通过典型事例，叙述赛岐社会事业的变迁。

（1）基础教育

赛岐小学和福安二中是赛岐基础教育事业的代表。

赛岐小学　赛岐小学成立于民国 23 年（1934 年）。民国 27 年（1938 年）福安县将原设在溪柄的第一中心小学迁到赛岐；当时全县分 4 个区，每个区设一所中心小学，赛岐小学因此成为当时全县 4 所中心小学之一，仍称福安县第一中心小学。民国 30 年（1941 年）实行乡镇制，学校改名三江镇中心国民学校，

---

① 以上工厂企业内容参考《福安市志》，方志出版社 1999 年版，第 261—263 页。

民国 34 年（1945 年）改名赛
岐镇中心国民学校。1951 年改
名赛岐中心小学。1952 年福
安师范学校从穆阳迁到罗江原
天主教文藻修院址，赛岐中心
小学随之改名福安师范附属小
学；1960 年师范学校再迁福安
城关，赛岐中心小学恢复原名。
2009 年，学校升格为福安市直
属小学，改名赛岐小学。原赛
岐第二中心小学改名为赛岐中
心小学。赛岐小学坐落于风景
优美的赛江之滨，占地面积约
25000 平方米，是一所教学设
施齐备的现代小学。

赛岐小学外景

福安县（市）第二中学
福安二中 1955 年创办于穆阳
镇。1960 年师范学校迁往福安
城关后，福安二中随即迁到罗
江原师范学校校址，成为福安

福安二中外景

下半县的第一所普通中学。早期二中是一所初级中学，1970 年升格为完全中学。
"文化大革命"结束以后，福安二中不断发展，1996 年为福建省三级达标学校，
1999 年改制为全日制普通高中，2008 年升级为福建省二级达标高中。2013 年与
英国格劳斯凯特学院合办中英高中课程实验班，引进外籍教师，发展多元文化
教育，为闽东农村中学首创。2014 年率闽东农村中学之先升级为福建省一级达
标高中。福安二中校园占地近 55000 平方米，总建筑面积 23000 平方米，环境优美。
现有教学班 36 个，在校生近 2000 名；专任教师 162 人，其中高级职称 55 人，
中级职称 58 人。福安二中创办迄今 60 年，共培养初高中合格毕业生 2 万多名。

（2）医疗卫生

国药（中药）店 在 1950 年代工商业改造前，维护赛岐民众健康的主要是
各家国药店和店里的坐堂先生（医师）。国药店的坐堂先生既卖药也开药方，
民众身体有了不适就到国药店去求医问药，只要买得起药，还算方便。其中北

大街的"健康""恒安"和东大路的"新一昌"等较有名气。据1951年的《赛岐工商业各行业调查表》，东大路"协源昌"国药店的股东经理王昌玉（时46岁），坐堂先生为其父王则尧（时65岁）。

西医诊所 据《福安市卫生志》，1950年代以前赛岐有6家西医诊所，共有医务人员8名。其中家振诊所开设于民国17年（1928年），益霖诊所开设于民国22年（1933年），仁济诊所和少云诊所均开设于民国26年（1937年），铭钧诊所开设于民国36年（1947年），林英诊所开设于民国37年（1948年）。1952年，以上6家西医诊所和其他国药店合并成立赛岐联合诊所。

保健院和卫生院 1958年在公社化运动中，以联合诊所为基础成立赛岐保健院，租用吉来街一座房屋为院址，共有人员16名；同时在重点村建立7个保健站。保健院与保健站实行统一核算。1979年赛岐保健院新建一座五层门诊综合楼。1981年保健院改为卫生院。1990年赛岐卫生院共有医务人员51人，下属7个门诊部，年门诊近10万人次。2010年卫生院门诊综合楼改造后，撤销外设的7个门诊部，患者全部集中院部就诊；下辖村级卫生所（室）53个，有乡村医生65名，总服务人口约7万人。2013年赛岐卫生院占地面积309平方米、建筑面积1770平方米，设有11个专业科室，设施设备先进。

福安县（市）医院 福安县（市）医院的前身是原设在福安城关湖山的基督教福安圣教医院。该院创办于民国35年（1946年），是福安第一家正规西医院。1949年医院有工作人员22名，设门诊内科、外科和专门产科。1952年圣教医院为人民政府接收，改为福安县人民政府卫生院。1953年该院门诊部迁到中华宫，并增设中药部。1956年底医院再改名福安县医院，1958年迁往赛岐镇。县

福安市医院外景

医院迁到赛岐后，将妈祖庙改为门诊部，以后门山上的天主堂为职工宿舍，新建了病房。经过一段时间的曲折发展，到1990年福安撤县建市时，医院病床由初期的20张增加到130张，医院人员也由早期的34人增加到153人。1991年

医院开设骨科专业，闽东、浙南有许多患者慕名前来就诊。

2003年，医院迁至赛岐镇王厝村，占地面积24000平方米，业务用房面积16000平方米，开放床位169张，工作人员235人，其中专业技术人员215人，是一所集医疗、急救、保健、科研、教学于一体的二级乙等综合性公立医院。是福建省道路交通事故伤员救治定点医院，是城镇职工基本医疗保险和新型农村合作医疗定点医疗机构。主要担负着福安市南部9个乡镇及赛岐经济开发区近30万人口的医疗保健任务。2015年加盟位于福安市区的三级甲等综合医院宁德市闽东医院，成为宁德市闽东医院医疗集团的一员。

（3）社会文化

社会文化涉及诸多方面，但唯有演艺文化最能显性地反映时代的变迁。

民国时期和之前的社会文化主要由民间承担。散布在乡间的众多祠堂、宫庙的戏台是最重要的文化娱乐场所，看戏是民众最为喜闻乐见的社会文化形式；除了每年春节期间的戏曲大联欢之外，乡亲们平时也非常喜欢看戏。有一个事例很能说明问题。

民国5年（1916年）三月中旬，福州闽剧名班"群芳"女班来福安县演出。女班初至，乡人罕遇，人们表现出空前的热情。女班从县城到化蛟演出时，穆阳、溪柄、甘棠坪、下白石等地乡民闻讯，争先恐后地驾船前往截戏。最来劲的要数甘棠人。四月初七晚发动了三百多人，驱船直往赛岐同台江面，与来自穆阳、溪柄、下白石等地的乡民争夺戏班，终于得胜而归。回到甘棠后，连夜开演。戏票普通座每张1角，特别座3角；参加截戏者，每人赏普通座戏票2张。该戏班在甘棠羁留数日，共演了11台戏，[①]轰动一时，成为三塘乡亲美好的记忆。

《福安市志》载，抗战时期，赛岐爱国人士自发办起业余剧社，取名"抗建剧团"，剧团用闽剧调编演节目，通过文化娱乐宣传抗敌救国。20世纪40年代后期，赛岐鱼商郑玉岗（中兴街"郑贰记"鱼货店股东）等人首倡创办"三江剧团"，该剧团以妈祖庙戏台为演出基地，主演古装闽剧，名动一时，饮誉赛江。[②]剧团还经常到本县城乡和周边县区巡演，并且延续到1958年。

1958年福安县实现了"人民公社化"，各公社都成立起业余文工团。这些文工团基本上是在本社范围内利用业余时间为社员义务演出，主要目的是配合政治形势为宣传党的方针政策服务，同时也演出一些传统剧目和现代小戏，改

---

① 陈一夔《天后庙公益戏园记》，《甘棠堡琐志》上卷，民国16年（1927年）刊印。
② 陈华《赛岐史话》（福安文史资料第十六辑），福安市政协文史委2006年编印，第102页。

善社员的文化生活。赛岐人民公社将三江剧团改组为"赛岐文工团"，由于有原来剧团的班底做基础，阵容强大（演职员共 30 多人），演出水平比较高，很受社员观众的欢迎。为了维持文工团的正常运作，文工团办起了绳索加工厂，以工养团。赛岐文工团延续到 1966 年。这一年 5 月，"文化大革命"开始；紧接着就是"破四旧"运动，文工团随之解散。

"文化大革命"初期，福安二中成立红卫兵文艺宣传队，到社会上演唱"语录歌""造反歌"，表演"忠字舞""文革舞"。1970 年后，各工厂企业、人民公社和主要中小学校普遍成立"毛泽东思想文艺宣传队"进行街头演出、舞台演出、下乡演出，内容主要是革命样板戏片段和歌颂毛泽东和"文化大革命"的歌舞。《福安宣传志》记述，"据 1971 年统计，全县有毛泽东思想业余文艺宣传队 128 个，共演出 1192 场，有宣传点 321 个，观众达 35.6 万人次。其中城区、穆阳和赛岐镇的文艺活动尤为活跃。""文化大革命"期间镇内各农民俱乐部均改为"贫下中农毛泽东思想文艺宣传队"，"用革命文艺形式为贫下中农宣传毛泽东思想，宣传党的各项方针政策，带动和鼓舞革命群众向阶级敌人作斗争"。①

改革开放以后，随着时代的变迁，社会文化生活日益丰富，人们的文化生活方式方法都发生了空前的变革。看戏不再是现代文化生活的首选，传统文化受到前所未有的挑战。为了使优秀的传统能在新时期得以延续，赛岐成立了门类繁多的文艺性民间协会，其中就有赛江戏曲协会。该协会根据会员的特长和喜好，分设闽剧、歌舞、民族器乐、电声器乐等小组，积极开展多种活动，主动作为，不但丰富了人们的文化生活，也为传统戏曲的改革发展进行了有益的探索。

三　改革发展

20 世纪 70 年代末 80 年代初，中国大陆进行了一场人类历史上空前规模的"拨乱反正"。"在全国复查和平反了大量的冤假错案，改正了错划右派分子的案件。宣布原工商业者已改造成为劳动者；把原为劳动者的小商小贩、手工业者从原

---

① 《福安宣传志》，中共福安市委宣传部编印，1999 年，第 409、441 页。

资产阶级工商业者中区别出来；为现已改造成劳动者的绝大多数原地主、富农分子改订了成分"。①这一壮举深得民心，从而迅速唤起了亿万人民对新时代新生活的热情，为中华人民共和国进入新的历史时期准备了必要条件。

国家停止了"折腾"，对内告别了"你死我活"，对外不再"反帝反修"，"聚精会神搞建设，一心一意谋发展"。赛岐人民和全国人民一道，焕发出前所未有的创造力，辛勤地建设自己的家园，创造了历史的奇迹。

1. 赛岐市政建设

1980 年代以后赛岐的市政建筑开始大踏步前进，街市在原有的基础上不断拓展。1985 年镇区街路增加到 11 条，新建 4500 平方米面积的综合市场 1 个、1368 座位的电影院 1 座，基础设施和文化娱乐场所进一步完善，镇区生活用地也有很大的扩展。

1988 年宁德地区行署在赛岐罗江设立闽东赛岐经济开发区，开发区规划面积 45 平方千米，辖区面积 10 平方千米，代管罗江、南安、樟港、大留、小留、加招、北山、坑门里等 8 个行政村和罗江居委会（后改名三江社区），常住人口 1.5 万人。1998 年确定为省级开发区序列，行政级别定为副处级；2006 年 3 月经上级批准，正式更名为福建省福安经济开发区。

1991 年赛岐大桥建成通车，从此告别了两岸交通依靠轮渡的历史。赛岐大桥是国道 104 线的公路桥，全长 488 米，横跨赛江，连接赛岐—罗江两岸，不但极大地提升了闽东公路交通的质量，而且最大化地拓展了赛岐的城镇建设空间。

赛岐镇政府大楼

经过三十多年的发展，到 21 世纪之初，赛岐的经济总量和开发区域远远超过了改革开放初期的规模，城镇建设也发生了巨大的变化。

---

① 中共中央《关于建国以来党的若干历史问题的决议》（1981 年 6 月 21 日）。

赛岐镇区卫星图（网络截图）

2003 年赛岐镇被列入宁德市经济发展十强镇。

镇内建有自来水厂 3 座，日供水能力达 4 万吨。设有福州至闽东电网 220 千伏火电输变电工程和 2 个 35 千伏变电所。国内主要银行和保险公司均在赛岐设立分支机构。赛岐还设有外汇业务分理处。港务局、外轮理货公司、外轮代理公司及船舶检验局等上级单位也在赛岐设有办事机构。形成了农副产品交易、小商品批发零售、建筑建材供应、交通运输、农业生产资料、水果批发、钢材、船舶修造材料等八大专业市场，大量人流、物流、商流在这里聚集，使赛岐成为闽东重要的商业中心之一。

目前赛岐城镇建成区已从 1990 年的 1.46 平方千米扩大到 3.1 平方千米，西接旧镇区前进路、解放路、万寿路，北达王厝村，东至店前村，南及岭头鞍。扩建的新街区形成"二横二纵"格局，二横为钟山路、永安路，二纵是虹桥路和永康路；以"二横二纵"为主干道形成街路网络。钟山路与虹桥路交汇处的"环岛"建有喷池和城镇雕塑——三头昂首奋发的石牛，赛岐人称环岛周边为"牛兜"，是新城镇的中心。

2. 非公经济发展

改革开放以后，非公有制从业人员不断增加。"为推动和促进福安市非公有制经济的发展，发挥商会的党和政府联系非公有制经济的桥梁纽带，以及

福安经济开发区的"日正中天"雕塑

政府管理非公有制经济的助手作用"，[①] 1985 年 9 月，福安县恢复了曾于 1969 年撤销的工商联组织。县工商联恢复以后，逐年发展会员，对象由个体小商贩和国有、集体企业经营者向私营业主和个体工商户转移。1987 年全县有工商联会员 576 人。此后私营工商业经济不断发展，1989 年底，赛岐有私营商业企业 700 多家。

1990 年，为适应改革开放和发挥工商联对外经济交往这一民间商会的作用，经福安市委、市政府批准，增用"福安市商会"名称。

1993 年 11 月 26 日成立赛岐商会，代表 68 人，会长高培德。赛岐商会隶属于福安市工商业联合会。

2005 年 3 月福安市商会更名福安市总商会。这一年底，全市有商会会员 1586 人，其中赛岐镇人数未详。

福安市工商联（总商会）现有 11 个异地商会，即福安市福州商会、福安市天津商会、福安市呼和浩特商会、福安市北京商会、福安市北京石材业商会、福安市上海商会、福安市厦门市商会、福安市太原市商会、福安市广西横县商会、福安市河北商会、福安市广东商会，赛岐镇在这些城市的商户基本上参加所在地福安商会的活动。

福安市工商联（总商会）还有 6 个基层行业商（协）会，即福安市电机电器同业商会，福安市工商联饭店饮服业同业公会，福安市工商联美容美发同业公会，福安市服饰协会，福安市涂装技工协会，福安市水路运输行业协会。以上各基层行业商（协）会都有来自赛岐镇的会员。

1992 年中国开启市场经济的进程后，在政府的强力推动下市场经济得到迅猛的发展。赛岐一地商品经济空前繁荣。许多外地工商户到赛岐经营，也有许

---

① 《福安市工商业联合会》，http://www.ndgsl.com/Article/xssh/200907/2233.html。

121

罗江钢材码头

多赛岐人到外地经商办厂。工商异地经营、异地登记已成为常态。2014年赛岐地区常住人口约12万，其中暂住和流动人口近4万①，几占常住人口总数的三分之一；暂住和流动人口基本上是外地到赛岐进行经营活动的工商户。

3. 综合改革试点

国家十分重视赛岐的建设和发展。1996年赛岐被国家建设部列为全国小城镇建设试点镇，2000年被国家计委列入经济综合开发示范镇，2001年被省政府列为经济发展重点镇。

2010年2月，福建省人民政府将赛岐列入第一批综合改革建设试点小城镇名单，成为闽省首批22个综合改革建设小城镇之一。这一年赛岐被评为福建省综合发展百强镇之一，为闽东唯一上榜乡镇。

赛岐小城镇规划范围包含赛岐镇、福安经济开发区和甘棠镇，总面积约190平方千米；规划至2030年人口规模25万，建设用地规模28平方千米。

2012年6月，经福建省人民政府批准，福安市从赛岐镇析出罗江村、三江社区，从甘棠镇析出南安、大留、小留、樟港、加招、北山、坑门里等7个村，设立罗江街道。

---

① 资料来源：福安市赛岐镇人民政府办公室。

福安经济开发区一瞥

2012 年赛岐镇析出罗江村和三江社区前，全镇有中学 4 所（福安二中、赛岐中学、苏阳中学、罗江中学）、初中班 1 所、成人中专 1 所、完小校 19 所、幼儿园和托儿所 28 所。镇区内现有文化站 2 所、文体活动场所 40 多个，有线电视网络覆盖全镇所有行政村和社区。镇区驻有福安市医院和镇属医院，全镇共设立医疗站 56 个。赛岐镇被评为全国群众体育先进镇、福建省科技示范镇。

2012 年后，赛江上游两岸分设一镇（赛岐镇）一街道（罗江街道），共辖 37 个行政村和 8 个社区（其中赛岐镇 24 个行政村和 7 个社区），2013 年底总户籍人口 66794 人（其中赛岐镇 50864 人），总面积 98.4 平方千米（其中赛岐镇面积 76.9 平方千米）。（《福安统计年鉴（2014）》）福建省和宁德、福安两级市在这里设立了 60 多个直属单位。结合"环三都澳"发展战略规划和福安市的城市发展总体布局，在赛江沿岸规划建设新区、改造旧镇、发展新兴科技型工业产业，在保护赛江天然环境的基础上突出环境资源优势，塑造沿江景观，强化产业支撑，优化空间布局，把赛岐建设成为现代化滨海宜居工贸新城。

2014 年赛岐镇入选福建省首批 15 个"小城市"培育试点。赛岐人民满怀信心，决心在短期内把自己的家园建设成"以人为本、四化同步、优化布局、生态文明、传承文化"的新型城镇。

第六章 宗教场所

一 祠庙宫观

祠庙宫观是民间信仰和道教的主要场所。

民间信仰是一种相对于制度性、正统性宗教之外的宗教信仰活动，它自成系统，内容庞杂，活跃在民间。道教是中国土生土长的宗教，是从汉代民间信仰的基础上发展起来的，与民间信仰从来就有着割不断的联系。民间信仰和道教崇祀的偶像中虽然也常常可以看到佛和菩萨的影子，但这只是一种表象，实际上这里的佛和菩萨已经成为民间信仰的一个部分。

与祠庙宫观关系密切的信仰活动属常民文化和俗文化的范畴，对信众的生活习惯和思维方式都发生重要影响。数不尽的泥胎木偶为乡亲们提供了丰富的信仰资源，使他们一方面诚惶诚恐地在功利性的期盼中奋力挣扎，一方面也心满意足地通过烧拜消费获取精神抚慰。赛岐的祠庙宫观也不脱这样的功用和特点。本节将民间信仰场所和道教宫观分开叙述。

1. 民间信仰场所

（1）历史上的神祠宫庙

福安的民间信仰历史悠久，崇拜对象宽泛而且杂乱，包括自然物、自然力、幻想物和历史人物、宗族祖先等等。史志上反复述及福安"习尚鬼巫"，所谓"鬼巫"即民间信仰的神灵。据清光绪《福安县志》载，晚清福安一县供祀民间俗神的宫、祠、庙有 128 处，[①]假如算上官方主祭的坛、祠、庙和各族姓的宗祠，简直可以

---

① 清·张景祁《福安县志》卷之十三《典礼·祠庙》。

说是"蔚为大观"。而且这些还远不是全部。以妈祖庙为例，光绪《福安县志》仅载 11 处妈祖庙，但据笔者的调查统计，事实上清末福安县的妈祖庙至少达到 20 处，失载近半。[①]

上述 128 处宫、祠、庙主要分布在历史上经济、文化都比较发达的村镇，而其中赛岐地方（包括晚清福安县的三十都、三十一都，上二十九都的罗家巷和二十一都的廉首）仅有 2 处宫祠。一处为博陆侯祠，在苏阳，祀汉代的霍光。系宋代刘自宦归回梓时引进，是典型的外来信俗。另一处是祠山行宫，县志叙述十分简约，仅称"在三十一都"，不知受祀者为何方神圣。

光绪《福安县志》失载的妈祖庙中有一处位于赛岐镇区。该庙建于清同治六年（1867 年）前，系外塘和赛岐商户共建。外塘苏姓以水运、造船、贩鱼著称，赛岐高、徐、金、陈等族以商贾致富。说明进入近代以后，外塘、赛岐两地的水运业和商业都有很大的发展，而且关系密切。此时赛岐商民已具有在自己地盘上鼎建妈祖庙的实力，而此前他们只能到上游的富溪妈祖庙（始建于乾隆四十七年，即 1778 年）加盟捐建，以求取妈祖神的福佑。有意思的是建于光绪八年（1882 年）的甘棠妈祖庙尽管比赛岐妈祖庙迟了十多年，在光绪县志上却榜上有名。由此可见，晚清赛岐虽然已经开始崛起，但知名度和影响力仍有待岁月的积淀和提升；同时也说明，与新兴的商贸港口相比，主流社会对传统的以农耕文明为主调的老市镇更为看重。

事实上赛岐地方供祀民间俗神的宫、祠、庙很多，虽不见于官方文本，但在民间却很有影响。以下以赛里《赛

民间信仰是民俗文化的重要内容，图为巫师表演"奶娘踩罡"

[①] 见李健民《闽海赛江》，海峡书局出版社 2015 年版，第 168 页。该 20 处妈祖庙分别位于上白石沙坑，上白石镇区，财洪村口，潭头棠溪，社口坦洋，县城龟湖山，城南外溪口，穆阳村尾，穆阳桂林，溪潭富溪，溪柄茜洋，溪柄镇区，赛岐镇区，甘棠镇区，甘棠甘坪，甘棠乌山尾，下白石上街，下白石崎后，湾坞白马，湾坞浮溪。

江詹祠宗谱》（民国 17 年重修本）所载宫庙为例说明，其中有多处至今依然香火不绝。

真武庙 位于赛里村边，祀真武帝。明嘉靖三十四年（1555 年）重建。真武帝又称玄天上帝、玄武大帝、真武荡魔大帝等，道经中称为"镇天真武灵应佑圣帝君"，简称"真武帝君"。明朝以后，由于封建帝王的大力提倡，真武信仰达到了鼎盛，宫廷内和民间普遍修建真武庙。近代民间信仰真武更为普遍。光绪《福安县志》载真武庙共 4 处，各分布在城郊、苏阳、穆阳，但未载赛里的真武庙。

临水宫 位于下巷塘边，祀临水夫人陈靖姑，嘉庆十五年（1810 年）建。陈靖姑是唐末五代时福州下渡人，其夫刘杞是古田县人。传说她幼年上闾山学法，学得非凡法术，曾破洞斩蛇，后因祈雨坠胎而死。陈靖姑死后"英灵得道"，受到历代帝王褒扬，成为"救产护胎佑民"的女神。福安民间多称为"奶娘""陈夫人"等，许多地方都建有临水宫、奶娘庙。明万历《福安县志》载，早年供祀陈靖姑的庙宇称"顺济行宫……正统初建祠洋头（阳头）湖上"。入清以后，陈靖姑信俗进一步发展，到清末，县志载录的临水宫多达十余处。陈靖姑信俗对当地正一派道教发生了深刻的影响，巫师（畲族占大多数）在法事中扮演陈靖姑行罡做法，还将陈靖姑事迹编成巫歌《奶娘传》在法事过程中吟唱。

林四相公宫 位于赛里竹城下，祀林四相公，主"捍患除灾"，咸丰四年（1854 年）建。林四相公系何方神圣，未详。

三官堂 位于詹厝路边，祀三官大帝，建于同治二年（1862 年）。"三官"指天官、地官和水官，三官信俗象征天官赐福，地官赦罪，水官解厄。传说正月十五、七月十五日和十月十五日分别为三官诞日，届时信众都进庙烧香奉祀，道士建金箓、黄箓道场，祈福消灾。三官信仰兴盛于魏晋南北朝，估计到宋代传入长溪流域。

福德正神祠 位于赛里，主祀财神土地公，同治九年（1870 年）建。在神灵世界，土地神只是一个"基层干部"，但是人们对他的供奉甚是殷勤。农耕时代土地是生财之源，所以土地神又兼财神职，博得民间的格外喜爱。詹谱诗云："粉壁朱门宿正神，丁年建自赛江民；乡闾丰裕伊谁赐，霜雪须眉一老人。"旧时福安一邑供奉福德正神的神龛几乎随处可见。

虎马宫 位于赛里竹城边，祀虎马将军，光绪二年（1876 年）建。传说虎马将军是保护妇女生育平安的神灵，也有写作"护产将军""驸马将军"，是陈靖姑信俗文化的一部分。有文献载，虎马将军是虎伽锣、马伽锣，其两神都是临水夫人的配祀；由于历史的衍变，有些地方将虎、马作为专祀神，并称虎马将军。赛里詹氏族谱有诗云："古田由来众经营，虎马威灵镇竹城；全仗将军驱女魅，兰房咸保达先生。"这里"竹城"指詹厝，其先祖曾在村边植竹为界。

赛江神宫 位于赛江边，即清同治六年前所建之天后庙（妈祖宫），前文已述。妈祖原名林默，民间称为"妈祖婆"或"阿婆"。林默是宋时莆田湄洲屿人，原是一个被认为"能预知人祸福"的女巫。宋代黄岩孙《仙溪志》称，林默死后"众为立庙于本屿（湄州岛）"，"航海者有祷必应"，后来被不断神化，影响范围不断扩大，成为海上救护保平安的女神。清末福安一邑妈祖庙多达20处，全在溪河江海之滨，其中下都咸水区占8处。福安最早的妈祖庙位于湾坞浮溪，始建于明成化十五年（1479年）。县城龟湖山和城南溪口的天后宫分别建于乾隆六年（1741）和十六年（1751），系官府倡建，地方官每年"春秋致祭"。

五显宫 位于赛里往赛岐的大路边，祀五显灵官大帝（又称华光大帝），建造时间不详。据说中国南方的五显信仰从唐代就有，后来随着民间道教的传播进入福安和闽东各县。传说五显灵官姓萧，徽州府婺源人，亦佛亦神，主要身份是民间道教的保法护道神。因曾受玉皇敕封，永镇中界，受"万民景仰"，"有求必应"。福安民间称五显帝为"大舍头"，乡间遍布他的宫庙，称为五显宫、大帝庙、华光庙、舍头宫等，明万历《福安县志》称"各乡隅皆祀"。比较著名的如阳尾察阳宫、外塘崇安宫、苏堤蒲头宫等。

林公宫 赛岐地方许多村镇都可以看到林公宫或忠平(侯)王宫，祀林公大王。相传林公大王名林子芹（林祖勤）、林亘，南宋时居福安县吉坑村（今属福安市溪潭镇），后到宁德县杉洋村（今属周宁县玛坑乡）替人牧牛。杉洋村有凶神白马大王，其身边有恶虎，经常伤人。林子芹为民除害，打死了恶虎，却得罪了白马大王，后遭其暗算身亡。林子芹死后被敕封为"忠平王"或"忠平侯王"，民间尊称其名号为"杉洋感应林公忠平侯王"，成为闽东各地普遍崇祀的地方俗神。乾隆《宁德县志》："相传神为宋时邑杉洋人，善搏虎。没后能御虎灾，故祀之。"林公信仰在福安非常普遍。

长岐村的树神崇拜

光绪《福安县志》称"二十二三都各村皆祠祀之"，磻溪镜岩、磻溪桥头和穆阳桂林坂的忠平王宫比较著名，实际上专祀和配祀林公的宫庙远不止这些。

赛岐地方的民间信仰还有一些本乡本土的"特产"。如广布各村镇的"土主宫"，祀本境本村的"当境土主"。再如长岐村的"金银将军宫"和"菩萨树"，分别奉祀金银将军（全称"金银两位将军威灵感应永镇侯"）和荫蔽长岐船寮的古树（树神），是长岐人求财保平安的首选。

（2）民间信仰场所分布

据2014年官方的统计资料，赛岐镇现有民间信仰场所45处（未包括罗江街道），分布在梨园场、金钟山汇头角、万寿社区、郭厝坪、溪里、大象、秀洋、大叶、下浦、江兜、仁华上巷、赛里过洋山、苏阳、桃洋、泰康、宅里、大盘、下长岐、店前、宝洋等村落和居民区，这些宫庙所奉祀（包括主祀和配祀）的神祇主要有长生大帝、梨花洞主、妈祖娘娘（林默）、八仙、田公元帅（雷海清）、五显帝、林公大王（林子芹）、土地公（福德正神）、明月先生（薛令之）、江兜土主（薛公侯王）、奶娘（陈靖姑、陈夫人）、三官大帝、林四相公、周仙帅、老树神、博陆侯霍光、虎马将军、阎王等，其中五显帝5处，奶娘陈靖姑5处，妈祖4处，土地公4处，忠平王3处，田公元帅3处，三官大帝2处。该45处宫庙新建（包括重建）于1980年代后的有24处，其中建于2000年后的有10处，分别约占统计总数的53%和22%。[①]

赛岐镇的民间信仰场所远不止以上45处，比如上文所述詹厝村的部分宫庙、长岐村的"金银将军宫"和"菩萨树"都未列其中。

以上事实告诉我们，传统的民间信仰习俗在中国民间依然有着强大的历史惯性，时至21世纪和互联网时代的今日，尽管社会经济发展飞速，但许多受过现代正规教育的人们对泥胎木偶依然一往情深。

旧时闽东各地村街都相对固定地奉祀某一特定的神灵作为本境的保护神，俗称"当境土主"。大凡涉及与"神明"有关的民俗活动，在祭祀祈求时均须说明"弟子"来自何都何境，以期获得神明的"精准福佑"。"都"是古代的行政区域，"境"是都内某神明"管辖"的区域，即祭祀该神祇时绕境巡游之"境"，常常与聚落有对应关系。"境"的名号往往是社会地名的换一种说法，寄托乡民的愿景，也表达对神秘力量的敬畏。

下面是赛岐民俗活动的"十境"及对应村落（赛里村詹成顺提供）。

---

① 《福安市民间信仰场所普查资料·赛岐镇》，福安市民族与宗教事务局，2014年。

赛岐"十境"及其对应村落

境	顺云境	芳山境	屿崇境	龙首境	青江境
对应村落	赛岐	詹厝、王厝	杨厝	象环	青江
境	仁安境	苏浦境	波岭境	龙安境	仁兴境
对应村落	宅里	狮子头	下浦	梨园、里村	店前

此外，和各地一样，祖先崇拜也是赛岐民间信俗的一个重要内容。除了传统民居的厅堂，各族姓的祠堂就是最重要的祖先崇拜场所，各宗族的一切重大活动都在这里举行。建祠、修谱和祭祀是最重要的祖先崇拜内容。

2. 道教场所

道教是中国的本土宗教，是传统文化的一个重要组成部分，对我国封建时代的政治、经济和文化都发生过深刻的影响。

福安有明确记载的最早的道士和道观都出现在宋代。

宋代福安有詹、张、陈三位道士，并称为"三仙师"。万历县志称他们"传法庐山归"。"三仙师"与赛岐有不解之缘。

詹仙师。县志称"寓西善寺，其名不传"。查考《闽东詹氏通谱》的文史篇，知福安十都南源（今属晓阳镇）实公派下有三兄弟均得庐山（闾山）法术，能降妖伏魔，老大詹六公即县志所称的詹仙师。南源与赛江的詹氏始祖系亲兄弟。《赛江詹祠宗谱》中有《伯章公赞》，称其祖上詹含章公"不事浮夸，静逸其身。……崇元学道，居正体仁。有时吸风雷之神，而宣泰元之令；有时玩泉石之情，而黜纷华之性"。"崇元"即徽宗崇宁元年（1102年，宋代只有一个崇字当头的年号），可知詹含章与詹六公是同时代人。

真空宫的殿宇

张仙师。名元成，是张氏西隐房裔孙。县志称"寓仙圣寺，为开山祖师"。仙圣寺在县南归化里，宋元符年间（1098—1100年）建。根据清河张氏族谱，赛岐廉首张氏于宋元祐年间（1086—1093年）迁自西隐，与张元成同处一时代，作为当时福安著名的"三仙师"之一，张仙师对廉首宗人也很有影响力。

陈仙师。名孺，系上杭陈氏肇迁始祖，福安正一道开山祖，县志记载"邑中诸巫至今多传其术"；他还曾经因为打虎有功，被敕封为威惠侯。据福安上杭《凤冈陈氏支谱》，陈孺徙上杭前曾寓龟龄寺，以符箓法术降魔除妖，御灾捍患，普济众生。上杭陈氏"支派蕃衍"，赛岐许多村落都有"上杭陈"的派下；赛岐地方的巫师均传习陈孺之术。

道教的场所一般可有三个类型。

（1）供祀天尊和帝君的道观

这一类场所一般住有道士，名称可有观、堂、宫等。住观道士基本上属于全真道派。全真道也称全真教，是中国道教的一个重要派别，男道士称乾道，女道士称坤道或道姑、女冠，此外道徒中还有部分居士。全真道道士要求履行入道仪式，居住丛林，素食，道装，独身，参加劳动，自食其力。根据官方提供的资料，福安全市现有道教宫观20处，其中赛岐镇2处。

真空宫 位于赛岐镇梨园村月兰山下。月兰山原名玉林山。传说古时候这里曾是一个瓷窑场，由于受到一位修行道人的帮助，烧制出来的瓷器洁白如玉。当朝皇帝获悉后，派兵将进山寻宝。瓷工闻讯逃得净光，瓷窑场变为灌木林。后来人们就称此地为"玉林"，衍为"月兰"。

据该宫道徒讲述，1954年有一位俗名成灼的林姓道人和他的外甥女到月兰山下结庐静修。1959年启建宫观，不久奉政府禁令停建。到1979年林道士率众重建真空宫，1982年初成规模，后继续发展，住宫道徒有所增加。林道士通晓周易，信众很多，1987年羽化，享年86岁。此后真空宫由其弟子集资重建。现有建筑物2座，占地1000平方米、建筑面积800平方米，祀三清和全真道各位尊神。真空宫现有住宫道徒7人。

牛童宫的殿宇

牛童宫 位于赛岐镇下浦村真龙岗，主祀地方神灵牛童仙子。传说牛童仙子是清代人，七岁时父母皆亡，度日艰难，幸得太白金星指点，被溪柄仙洋里陈姓财主收留，为陈家牧童。七年后太白仙翁再现，点明牛童原本金童下凡，现期满回返天界。牛童后托梦与东家，陈姓财主将详情奏闻；咸丰帝据情敕封牛童为"钟山感应牛童仙翁"，得享人间烟火。

旧时溪柄乡间曾建有牛童宫，后荒废。今赛岐真龙岗牛童宫始建于 1992 年，住有坤道数人。2003 年 10 月，该宫坤道李秀英等参加新加坡第九届道教节活动达半年之久，进行道教文化交流，受到关注。2002 年牛童宫进行扩建，增建三清殿，奉祀"三清"，配祀系列道教正统神祇。后又续建丹房、闭关房、辟谷房、制香房等，发展成为一个较有规模的道教宫观。

（2）供祀民间俗神的宫庙祠

这类场所一般不住道士，上文对此已经进行过叙述。民俗信仰虽有它的特殊性，但其实质仍属于道教范畴；这些宫庙坛祠如有道士参与活动，就自然成为道教场所。主导活动的基本上是正一派道士。这些道士不出家，平时与常人相同，只有在做法事时才穿上道服。正一道士有"文科"（乌头道士，俗称"道师"）和"武科"（红头道士，俗称"巫师"）之分，前者主要是超度死者，后者主要从事斋醮祈福、设坛驱鬼等，同时也为非正常死亡的"殇死鬼"超度。每年正月，是民间"迎神"活动的高峰期，常常可以看到迎神队伍在巫师、道师的率领下，招摇过市。旗幡前引，锣声开道，香亭肩舆，伞幛簇拥，类似古时候官员出巡；一路上角号呜呜，火铳震耳，烟雾弥漫，信众焚香随行，场面非常壮观。

（3）与道教传说有关的山、洞胜境

此类场所的名称与相关的自然实体地名相同。查考地方史志，这方面的记述很多。福安一邑就有天马山、鹤山、仙岫山、白云山、仙岩洞、马仙洞、白鹤岭等诸多"仙道胜境"。赛岐的"八仙冈"、"仙岩头"（鳌[峨]峰山）、"白鹤"等地名也属于这一类。这些地方除自然景观之外，还流传一些与仙道有关的传说，民间信仰爱好者还在这里建宫设坛，招引信众进行烧拜活动。

二 佛教寺庵

佛教在福安的传播始于公元 8 世纪前期。此后经过数百年的发展，佛教在福安的影响不断扩大，同时也不断与儒学、道教亲和，不断世俗化，宋明以后佛教信仰已经成为民俗信仰的一个重要内容。

改革开放以后，福安的寺庵数量不断增加。1990年全市有寺庵169处，1998年就增加到183处。2009年全市正式登记的寺庙有181座，佛教徒（僧、尼、男女居士）近2300人，其中男女居士近1000人。2013年福安市登记领证的佛教寺庙增加到195处。福安佛教均为禅宗，临济派系居多，少数为曹洞派系，实际上二者的区别并不明显。

1. 寺庵分布

赛岐也是一个爱好烧香拜佛的地方。1988年全镇有佛教寺庵14处，其中8处系民国以前创建；2013年全镇登记在册的佛教寺庙23处，占全市的11.8%。名单如下（带▲号者为1990年以后新建）。

赛岐镇区：万寿寺、金钟寺、三圣寺▲、众悦寺▲、万福寺▲、圆通寺；

店前村：万禄寺▲、鳌峰寺、慈林堂；

赛里村：华严寺▲、金鳌寺、慈航寺▲；

泥湾村：大觉寺▲；

苏阳村：蕴玉寺、福慧寺▲、凤尾寺、金炉寺；

廉首村：慈云寺、龙泉寺；

象环村：白莲寺；

宅里村：宝光寺▲、普济寺▲；

长岐村：菩提寺▲；

慈云寺

其中始建于民国以前的 8 处寺庙是：

慈云寺，始建于唐大顺元年（890 年）；

蕴玉寺，又称曹山寺，始建于宋大中祥符年（1008—1016 年）；

鳌峰寺，始建于明万历九年（1581 年）；

龙泉寺，旧名龙泉庵，始建于明万历十四年（1586 年）；

慈林寺，又名慈林堂、梨园堂，始建于明万历二十五年（1597 年）；

白莲寺，始建于明万历年间（1573—1619 年）；

万寿寺，创建于民国 24 年（1935 年）；

圆通寺，始建于民国 32 年（1943 年）。

2. 著名寺庙

慈云寺 位于赛岐镇廉首村西北鹤峰山麓，坐北朝南，茂林环绕。万历《福安县志》称，慈云寺在富溪津，"唐大顺创。"系福安市始建于唐朝的名寺之一。该寺《慈云禅寺简史》："原系大叶村林氏宗亲贵公从福州到大叶村寻找兄弟六亲，因客居日久，心中不忍，于唐昭宗大顺元年（890 年），入禅结茅庵于此"，成为本寺开山祖师，并名此茅庵为"紫云庵"。宋太宗兴国年间（976—983 年）赐额，认为"紫云乃帝王之瑞气，故将'紫云'二字，更换为'慈云'，此名'鹤峰慈云'。"《大

蕴玉寺

鳌峰寺

箬林氏宗谱》亦有类似记载，并称大箬林氏始祖谊公"舍田三顷五斗，以护道场也。"①慈云禅寺曾历经多次兴衰，至20世纪70年代又一次重建。该寺大殿现存石柱系宋代文物，上镌"淳祐十二年"和其他捐舍文字。寺后院有石槽一具，刻字可辨"淳祐十二年"字样。该寺占地面积4000平方米，建筑面积1100平方米，除大殿外现建筑还有观音殿、斋堂、综合楼等，现有住寺比丘3人、比丘尼10人。

蕴玉寺 位于苏阳村的屏风山麓，松竹掩映，环境幽静。据万历《福安县志》可知该寺原名曹山寺（因屏风山又名曹山），始建于宋朝大中祥符年间（1008-1016年），迄今已有千年。据苏阳刘氏宗谱载，苏阳刘季裴公曾在此寺攻读，后登进士第（高宗绍兴十八年进士），官居监察御史兼秘书阁修纂。宋徽宗闻此，于宣和四年（1122年）赐名韫玉禅寺。刘季裴有诗为证："韫玉呈祥射斗牛，皇王徽赐寺千秋。晨钟声起一百八，打破红尘世外愁。"该寺"文革"期间受到严重破坏，"一切佛像法器等物，百无一存"（《曹山寺重建碑记》，2001年）。现有建筑包括大殿、圆通宝殿、山门殿、斋堂、僧舍等系近年重修；有住寺比丘2人，比丘尼2人。寺内有清道光二十五年（1845年）立的重建记碑，已断成三截，现仅看到两截，拼读如下：

缁庐、绀宇、精舍、梵宫，皆寺之别名也。而吾乡曹山寺独以香火称，抑又何也？盖我世祖季裴公未第时，曾讲学于此，及登进士，事宋徽宗，官监察御史兼秘书阁修纂。宣和间锡封其寺，曰"蕴玉禅关"。洎乎明季倭乱，寺遭兵燹，

---

① 《慈云寺前后志》，见《大箬林氏宗谱》民国2年重修本。

僧将寺田契券逃归龟山而锡命之，禅寺蔼然斯灭。我朝康熙五十八年，先祖鸠赀重建，舍田亩，复香灯，此香火寺之所由名也。百余年间依然无恙。不期道光二十二年秋忽遭回禄，寺宇又湮矣……

鳌峰寺 旧名鳌峰庵，位于赛岐名胜鳌峰的近顶处。万历二十五年编修的县志有其名，并注明在"三十都"。据《赛江詹祠宗谱》载，"鳌峰庵系本族檀樾万历辛巳年（万历九年，1581年）鼎建，至清康熙丙申年（康熙十五年，1676年）重建。"现寺内存明万历辛巳石碑一面，从碑刻可知该寺系"国朝有志公安禅地"，后遭回禄，万历九年"定基鼎新"。该寺历史上曾历多次兴衰，"文化大革命"后寺宇荒废。1979年后渐兴，重修主体庙宇，增建附属建筑。寺院占地面积6000平方米，建筑面积1960平米。现有建筑包括大殿、韦陀殿、念佛堂、斋堂、僧舍、柴房等，形成一个群落，有住寺尼众16人。该寺属禅宗曹洞派系。

慈林寺 又名慈林堂，俗称利园堂，位于赛岐镇鳌峰山麓、利园村之侧。万历县志称，慈林堂在赛村，明陈学孟有联句："相现莲花若有相，曾何有相；言宣贝叶是真言，却非真言。"该寺始建于明万历二十五年（1597年），后荒废。清光绪四年（1878年）龙华道从宁德初传福安，在此开辟道场，并作为福安龙华道的主廷。民国30年（1941年）龙华道逐渐衰弱，寺庙重归僧家，道徒大多改皈佛教。1985年开始，该寺进行全面重修。现建筑有大殿、圆通殿、天王殿等，住寺僧众12人。

慈林寺

白莲寺

白莲寺　又称白莲堂，位于赛岐镇象环村，始建于明万历年间，历经多次重修。现建筑系 1980 年代后修葺。有大殿、斋堂、僧舍等建筑，占地面积 600 平方米，建筑面积 339 平方米。大殿左侧有民俗神庙，供奉灵祐尊王、显应侯王。有嵌墙碑刻一面，系"清乾隆五十八年（1793 年）岁在癸丑二月"立，从碑文可知该寺的早期沿革和重修情况："象水白莲堂义昉乎东林（指明万历后期，约 1604 年后），重建于隆武（南明年号，1645—646 年）。然世远年深，风霜剥蚀，楹桷颓倾，佛台拈香愈增，烦恼神殿祀事难升。毖芬因邀同志共求发心……重兴莲社于龙首，永妥神灵乎象江。喜一乡之协力，征百福而同归。谨将善信捐资名次开列如左（下略）"。现有住寺比丘尼 2 人。

万寿寺　位于赛岐镇金钟山脚万寿街。该寺于民国 24 年（1935 年）由赛岐著名商人徐鸿轩捐资倡建。徐鸿轩，字玉村，溪柄镇溪南村人。民国 19 年（1930 年）"徙赛江，筑货厂，兴实业"（《徐玉村先生墓志铭》)，商号"徐双记"，经营药材、航运和粮食加工业。万寿寺建成后成为福安南部的重要寺庙。民国 30 年（1941 年）全县各寺庙代表在该寺举行会议，成立中国佛教会福建分会福安县支会。万寿寺有禅工并举的传统。1960 年该寺创设福安县政协综合厂第五车间，有僧尼 30 余人从事手工业生产；1980 年代生产的佛香畅销海内外。该寺占地面积 19800 平方米，建筑面积 12000 平方米。现有建筑大殿、法堂、念佛堂、天王殿、斋堂、僧舍、海会塔等，多系近年重建。现住寺比丘 2 人，比丘尼 23 人。

三　教堂修院

1. 天主教场所

天主教于明崇祯四年（1631 年）正式传入福安。作为相对于中国文化的西方异质文化，天主教从登上闽东大陆之时起，就与中国的传统文化发生了强烈的碰撞。1720 年天主教受到清政府禁止，直到 1844 年才批准弛禁。此后天主教在福安得到快速发展。

天主教从早期传入开始，福安县就是福建省和闽东的天主教中心，赛江两岸从三江口的廉首到白马港和下邳沿海，为闽东天主教人口最为聚居的区域，是东西方文化交流的一个重要窗口。20 世纪 40 年代教廷在中国实行"圣统制"，正式成立福宁教区，教区副主教林景靖为赛岐里街人。据有关部门统计，1960年福安县天主教人口2万多，近占闽东教区的80%；天主教堂47处（本堂14处，行堂33处）。2010年福安市天主教人口约5.5万人，有天主教活动堂点75处，其中依法登记的有57处；福安天主教人口占闽东天主教人口的80%和福建省天主教人口的20%，约占福安市总人口的9%。

赛岐镇在2012年前有天主堂4处，分别位于罗江、赛岐、廉首和苏阳。历史上苏阳天主堂曾属外塘本堂管辖，其余均由罗江天主堂（本堂）行教。

罗江天主堂 罗江是闽东最早传入天主教的地区之一。罗江旧称罗家巷，是中国第一个国籍神甫和主教罗文藻（约1616—1691年）的故乡。罗文藻于1633年受洗入教，"文藻领洗后，以言以表，传扬圣教，不遗余力"。[1]今罗江里巷61号是罗文藻的故居。

罗江天主堂位于罗江外巷，始建于明末（位于村口大榕树边），重建于清光绪六年（1880年），再重建于1925年，有大小建筑物6座。1926年福宁代牧区（教区）成立之初，该堂为代牧区主教公署和多明我会会址，成为闽东天主教的管理中心。1931年天主教会在这里举行纪念福安传教300周年活动。[2]1950年代后该堂曾改作他用。1983年落实宗教政策，政府将该堂和附属建筑归还教会，

罗江公教学院（修院）旧址

---

① 郑天祥主编《罗文藻史集》，天主教台湾高雄教区主教公署1973年印行，第59页。
② 资料来源：福安专署宗教事务处等《天主教闽东教区资料汇编》，1962年编印。

并拨款补助修缮。现教堂为 20 世纪 90 年代再重建，系仿歌德式风格的现代建筑，宽敞宏大，可容纳四千人进行宗教活动。

赛岐天主堂 赛岐天主堂始建于 1913 年，址在赛岐岐头山，为二层楼房，楼上住人，楼下为宗教活动场所。该堂为行教堂，每星期由罗江天主堂的副本堂过江到此做弥撒。1937 年教区在此新建教堂一座，1948 年赛岐天主堂改为本堂，由罗江文藻修院院长刘鹤中兼任本堂神甫。1951 年后该堂改作他用，1958 年后成为福安县医院的一部分。现赛岐天主堂启建于 1996 年，主、附建筑共有 3 座，占地面积 1200 平方米，建筑面积 1600 平方米。

罗江公教学院（修院） 民国 17 年（1928 年），天主教福宁代牧区为了培养教会人才的需要，在罗家巷（罗江）创办一所修院（公教学院），由西班牙传教士担任院长。修院内分若瑟神学院和德肋撒小修院两个机构。前者毕业后即可圣七品晋铎（当神甫），后者是中学程度，毕业后须升读神学院。全部修生共有百余人，他们在修院主要学习天主教教理和拉丁文，同时校方还延聘国学造诣较为深厚的教友如郑宜光、刘伯翰等为中文教员，教学中国文化，培养本土人才。

民国 36 年（1947 年）刘鹤中神甫（福安城关人）接任院长，对修院进行改革；增聘中国籍教友执教，加强中国文化教学，学院面貌大为改观。为纪念第一位中国籍主教罗江人罗文藻，刘鹤中将院名改为"文藻修院"。历史上天主教会在福安县共设办了 10 所各式男女修院，罗江修院影响最大。从 1928—1949 年该修院共培养了 13 名神甫，前期若瑟神学院 11 名，后期文藻修院 2 名。[①] 1950 年修院停办。

1954 年文藻修院原址先后改作福安地委党校和福安师范学校，1960 年又改作福安二中校舍迄今。

2. 基督教（耶稣教）场所

在中国，广义的基督教（基督宗教）包括天主教、东正教、新教（耶稣教）以及其他一些较小的派别；狭义的则专指基督教新教，也称为耶稣教，在与天主教并称时一般就称为基督教。在福安传播的有天主教和基督教（耶稣教）。

基督教（耶稣教）在福安的传播从赛岐开始。据福安基督教会提供的资料，清同治四年（1865 年）古田女教徒陈信敬曾到赛岐传道，为基督教首叩福安之门。

---

① 资料来源：福安专署宗教事务处等《天主教闽东教区资料汇编》，1962 年编印，第337—338 页。

光绪元年（1875年）基督教正式传入福安。这时天主教已经在这里经营了240多年。因此无论是在教徒人数、活动场所，还是在社会基础等方面基督教（耶稣教）都无法与"先入为主"的天主教相比。基督教主要通过传播西医和发展新式教育来扩大教会影响和进行传教活动，因此基督教在知识阶层有着较大的影响力。2011年全市有基督教徒1000多人，依法登记的活动堂点5处。

赛岐礼拜堂 据《福安宗教志》（福安市宗教局1993年编印）载，福安市基督教会于民国30年（1941年）在赛岐里街建有礼拜堂一座，名为"福源堂"。占地面积80平方米，二层木结构：上层为礼拜厅，可容百余人礼拜；下层为教牧人员居室。1940年代该教堂非常兴旺，并在大象设办基督教布道聚会所。1942年1月，基督教福建教区陈永恩主教曾到此堂视察。1961年1月3日，赛岐里街火灾，该堂被焚。

现礼拜堂位于赛岐镇下港路，1995年重建。该堂系三层砖混建筑，面江而建，占地面积40平方米，建筑面积120平方米。

赛岐基督教堂

第七章 特色古村

一 廉首文韵

1. 村景写生

廉首村位于三江口的西侧，与南面的罗江村隔江相望。发源于政和县镇前的穆阳溪（古称廉溪）经历了重重关山，在此处与长溪干流相汇，古人就认这里是廉溪之"首"，于是把村子称作"廉首"。

廉首村风光旖旎，山水相映，是一个非常美丽的村落。《廉首张氏宗谱》收集了前人的 6 组《廉江八景》诗，共 48 首，有律诗有绝句，有七言也有五言。其中有一组七绝是前清举人、民国 32 年（1943 年）廉首张谱的纂修人、民国时期福安秋园诗社著名诗人李经文（字章甫）所撰，因在时间上离我们最近，笔者将它抄录于此，让我们通过这些诗章、一睹数十年前廉江的山水风情、体察当年知识分子的情怀。

鼍峰耸翠
榕城灵秀萃鳌峰，不料名山此再逢；
海上何时来钓客，登临同赏翠千重。

炉案含烟

隔江炉案作屏风，呼吸浑疑帝座通；
几缕青烟冲碧汉，樵歌声彻白云中。

池塘夜月

半亩方塘一鉴开，月明倒影印楼台；
骚人纵自添诗料，疑是三潭入画来。

榕树春莺

出谷春莺巧弄梭，乔迁榕树听新歌；
数声渔笛来南浦，长短和鸣入碧萝。

潮浮银带

江山潮来满一川，分明银带排滩前；
若教墨客裁成锦，定作余霞散绮妍。

山隐玉轮

山似初三月半钩，隔江遥望影清幽；
玉轮未满天然景，试问峨眉画得成。

龙舟竞渡

旗鼓同张午节天，龙舟争夺锦标先；
台南我早争高着，不料廉江续胜缘。

渔板齐敲

四处渔人趁晚春，齐敲渔板杂江声；
夜深月上溪头白，击到悠扬断续更。

今天的廉首，江涛依旧，江潮依旧，但是世道已变，旧貌与新颜并存。

村口锦浦地方连接廉首—罗江的渡口已经沉寂，昔日通往县城的古官道上芳草萋萋，时断时续；公路修进了村里，村民出行比什么时候都便捷。古渡边的"廉江埠头碑"依然安在。这个石碑与众不同，是一个长立方体，顶部呈锥形。落款时间为"嘉庆十六年辛未（1811年）"，碑文载有"缘首"和"信士"的姓名及乐捐钱款数额；该碑立于此处已有二百多年，是见证古代交通的不可多得的文物。

离渡口不远的坡地上有两处古墓，与其他地方常见的"凰"字形墓不同，墓碑兀自前立，坟在碑后。两墓都修于清初，迄今约四百年。其一位于古庙之旁，碑面中间刻"明庠宾静轩张公墓"八个大字，边侧小字有"公讳邦定字景安号静轩行曹九，于顺治四年（1647年）……造……嘉庆十二年（1807年）……重修"。可知这是一处张姓读书人的长眠之地。另一处碑面中刻"皇朝恩荣僎宾方昌高"九个大字，旁边小字有"康熙四十七年（1708年）三月造寿域于锦浦岭头后堂山内。自叙曰：'历尽风波日已斜，自怜无术炼丹砂，封窀山中终是家。'"可知墓主人姓高，是一个享受"皇朝恩荣"的"僎宾"[①]；这个身份反映了古代廉首村，邻里和睦，敬老爱幼，温良恭俭的良风美俗。

村里古民居很多，尽管大多已经年久失修，但仍可以看出当初的气派。青砖黛瓦，门楼、匾额、马头封火墙，都在向人们倾诉昔日的光彩。廉首里村巷路深处有一幢旧式瓦房，这是现代文化名家张白山的故居，"文革"中遭到破坏，并已失修多年，屋宇颓旧、阴湿；但在门首天井照墙的匾额上，透过白灰覆盖后写上的政治标语，依然隐隐可辨原有的"天光云影"墨书，暗示着房主人的读书人身份。据村民介绍，村里文物包括字画原有很多，后来在历次政治运动，特别是文化大革命中悉遭厄运，破坏殆尽，成为无法弥补的遗憾。

村里有一座天主堂，耸立在新旧民居的丛林中，显得特别抢眼。廉首是福安最早接受天主教的村落之一，明朝崇祯时就开始与西方异质文化有了接触。廉首天主堂始建于清朝同治九年（1870年），民国初年曾重建过一次，现在的天主堂为近年新建。

---

① 僎宾，古代行乡饮酒礼时辅佐主人的人。乡饮酒礼是古代嘉礼的一种，乡州邻里之间以敬老为中心定期举行聚会宴饮，是汉族的一种宴饮风俗。《礼记·射义》："乡饮酒礼者，所以明长幼之序也。"可知此俗由来已久。明清时仍有此俗。清顺治时又重新倡导举行乡饮酒礼。《清史稿·礼志八》："雍正初元，谕：乡饮酒礼所以敬老尊是非曲直，厥制由古，顺天府行礼日，礼部长官监视以为常。"

廉首"听潮亭"

在商品经济浪潮的强大冲击下，乡亲们告别了自给自足的传统农耕生活。年轻人纷纷走出故乡，选择到镇上和城市发展；老年人大多依恋着家园，舍不得住惯了的老屋，心甘情愿地当起"留守人员"。坚守家园的乡亲除了传统的种植农业外，也发展多种经营，主要是栽培经济作物，现在葡萄和茶叶已成为村里的主要产业，许多人因此脱贫、致富，村里一幢幢新建的楼房便是明证。

江边一个六角凉亭，棕红盖顶，白色柱栏，格外引人注目。亭子名"听潮亭"，近年新建；临风面江，树木掩映，是廉首最美的景致。亭边立有一碑，上镌乡贤张炯先生的《听潮亭赋》：

> 听潮亭，听潮亭，潮来潮去永不停。
> 廉水赛江潮相汇，千船万舶乘潮行。
> 雨后潮来彩虹耀，日落潮去晚霞明。
> 白鸥弄潮涛拍岸，青山迎潮树垂荫。
> 村庄如今潮巨变，改革春潮喜人心。
> 听潮不如弄潮去，走在潮上称雄英。
> 世事如潮晚不急，政通人和潮水平。
> 乡贤建亭为听潮，后辈听潮宜听音！

2. 廉首族姓

廉首村现有户籍人口约 1200 人，主要是高、张二姓，张姓 800 多人，高姓 300 多人；天主教人口约有 300 人，张姓居多。

廉首村古民居的封火墙

（1）高姓

根据廉首村的族谱资料，最早迁居廉首的是广陵高氏。《廉江高氏世系图》："祚公播迁廉江立业垂裕，为肇基始祖，生子芹公，芹公生凤公、麟公，分福、禄两支。"清嘉庆十一年（1806年）福安名人陈从潮[①]在《广陵郡派廉首高氏宗谱·序》中称："福安廉首高氏，望出广陵。五代时闽有高龚仕闽王，官少傅。嗣是四世，至石晋开运二年（945年），由长溪仕洋迁柳田（今溪柄水田），复迁廉首……其族文学茂才世不乏绝。"

廉首高氏非常珍爱自己的历史，对本氏族宗谱能在明清激烈的社会动荡中得以幸存十分自豪。道光十七《廉首高氏宗谱·序》称："当倭寇犯闽，人烟灰烬，荆棘阗墙，流离播迁余之，举邑之富姓巨族能保其宗谱者十不逮一，而高氏之谱独存，岂非仗祖宗之灵！"

廉首高氏宗谱录有一律（清叶宪·撰），表达了对功名的渴望。

> 东风杨柳满江城，把酒相邀叙别情。
> 愧我初从天上至，羡君又向日边行。
> 铿锵临佩瑶琼响，灿烂朝衣锦绣明。
> 此去定知膺上考，御前金榜重题名。

嘉庆九年（1804年）廉首高氏重修宗谱，邀得当时福安名人解元陈从潮为其作序，足以彰显廉首高氏的向学传统和在地方的声望。

民国时期廉首高裕松（高而山）将所经营的商号以"高旭记"为总名，涉

---

①陈从潮，字瀛士，号韩川，福安县上杭人，乾隆四十五年（1780年）乡试第一。后以解元身份任《福安县志》纂修，并担任紫阳书院主讲三十年。曾与其师阳头人李馨共同命名"韩阳十景"，并为之配诗。有《韩川诗文集》行世。

及茶、糖、京果、航运等行业，在同业中举足轻重。尤其是茶业，从20世纪的30年代到40年代末，经久不衰。

高裕松还与其他商人联手，共同在赛岐小赛港东岸大面积开发房地产，形成一条崭新的"赛新街"（又名"高升街"，即今之"解放街"）。据1952年统计，赛新街原在高而山名下的房产有44号，其中市房（楼店）37号，民房7号。1950年代以后赛岐的许多重要机构和单位，如粮站，保健院，贸易公司的门市部、办事处、购米部，保险公司，人民银行，中盐公司等都设在这里。①

旧时商人大多喜欢附庸风雅。民国25年（1936年）11月8日，高裕松邀集福安文化名流在赛江旭楼举办诗会，秋园诗社②重要成员廖宜西、李章甫、林仲琴、刘福愚、张雪堂、江青苹、林尧人、林幼琴、刘旭初、吴焕文等应邀赴会进行折枝诗③吟唱。诗会共获新作800首，轰动赛江、韩阳，成就闽东诗坛一时佳话。这些诗作后辑为《旭楼征诗吟稿》一册，福安市图书馆有藏本。

（2）张族

张氏迁入时间比高氏迟了一百多年，宋元祐年间（1086—1093年），张育人（浔泉）率族由西隐迁廉首。

廉首张族系唐季张怀谅（张演）派下。唐昭宗时张怀谅父子兄弟俱从王审知入闽，始迁福州乌石山、南台二处；五代时为避朱梁之难，迁下邳，其后裔再迁大留等地。张族在历史上功名不息、名人辈出。乾隆四十七年（1782年）廉首张族重修宗谱，解元陈从潮为新谱撰序（24年后，陈丛潮又为廉首高氏撰写谱序）。序云：

> 清河张氏，亦宸之右族也。其先世自入闽而迁邑大留。至宋，起宗公生知神、衡泉、浔泉三子，而族益盛。知神自大留迁三塘，乡贤观公、泳公其裔也；衡泉迁穆阳；浔泉迁廉江，遂为廉江张氏。家旧有谱，明季遭倭乱，篇帙散失。今其族庠生式金同其族望辈因三塘总谱谋重修之。请序于余……余于张氏之族有厚望焉。

---

① 福安县财政局1952年第五区赛岐公产民市房租户名册、招租清册。
② 福安秋园诗社成立于民国12年（1923年），是闽东成立较早的民间诗词界团体之一，对闽东诗坛发生过较大影响。社址初设"仙坛"（今福安后垄部队房管所），民国元老于右任为之题写"秋园"匾额。
③ 折枝诗是一种别具风格的传统韵文，为七言律诗中的两句，要求对偶，两句自成诗，像是两句七字的对联；但在写作应用手法上，比对联严格得多，显得更加工整，更具欣赏价值。折枝诗有多种形式，其中"嵌字体"要求在上下句中各嵌入一个规定的眼字。

张白山故居照墙，"文革"中变成现状。上面墨书原为"天光云影"，语出南宋朱熹《观书有感》

廉首张族非常重视文化教育，历史上有书馆"石兰斋"。张谱录有前人为石兰斋书写的联句，字里行间无不洋溢着典雅。

其一：

月照芸窗仿佛花间字句
风生池沼依稀笔下波澜

其二：

兰轩聚映千山月
墨海波含万壑烟

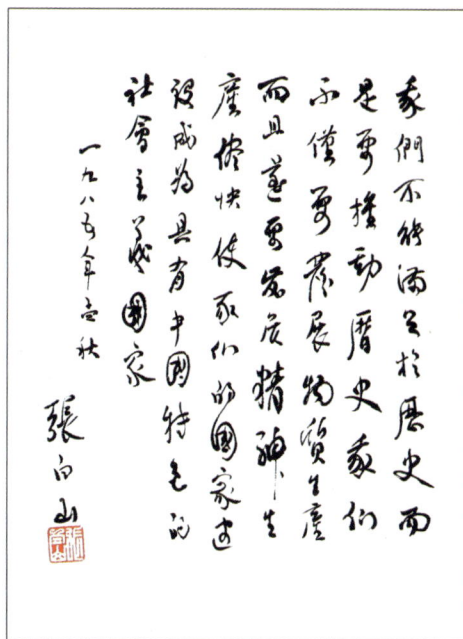

张白山墨迹

民国十一年（1922年），张白山之父张子英出资在张氏支祠创办廉首初级小学，是当时福安县有数的几所新式学堂之一。此后廉首小学就长期设在这里，直到1989年。数十年来，廉首出生的社会精英和更多有文化的普通劳动者都曾在这里就读。廉首张氏支祠也因此成为全体廉首乡亲心目中的文化殿堂。

3. 文化名人

廉首村历史上名人很多，以下数例均为现当代名人。

张白山（1912—1999年）。笔名戭庵、如晦。中共党员。1937年毕业于浙江杭州之江大学，同年参加抗日救亡组织。历任记者、编辑，重庆《商务时报》

《新民报》副刊主编，省立四川教育学院中文系教授，上海市文联副秘书长，上海音乐学院教授，中国作协《文学》编辑、主编，北京大学文学所、中国社科院文学所研究员及研究生院文学系教授。1936年开始发表作品。1956年加入中国作家协会。著有长篇小说《一江春水向东流》（合作），专著《宋诗散论》《王安石研究》《王安石评传》，散文集苦涩的梦》《危楼散墨》，译著《主与仆》《袭击》《卐字旗下》等。[1]

张炯。张白山之子，1933年11月出生。1948年10月参加中国共产党闽浙赣区党委福州城市工作部工作，1949年4月任闽浙赣人民游击队二纵三支队政委，同年八月加入人民解放军第十兵团司令部机关及其下属警卫团，任干事、书记和文化教员。1955年入北京大学学习，1960年毕业于北京大学中文系。曾任中国科学院文学研究所实习研究员、助理研究员、《文学概论》编委会学术秘书、四清工作队副队长、《文学评论》杂志核心组成员兼现代文学组组长。1976年10月借调到《红旗》杂志，任文化组负责人。1979年1月后任中国社会科学院文学研究所当代文学研究室副主任、主任，并先后兼任《作品与争鸣》月刊主编、《评论选刊》杂志社社长，《中国当代文学研究丛刊》和《诗探索》季刊编委。1991年任中国社会科学院文学研究所常务副所长并主持该所工作，兼《文学评论》杂志社副主编。1995年任中国社会科学院文学研究所兼少数民族文学研究所所长并兼《文学评论》主编。1996年被选为中国作家协会副主席兼理论批评委员会主任。1999年任中国社会科学院第一届、第二届学术委员会委员。2006年被选为中国作家协会名誉副主席、中国社会科学院荣誉学部委员。还任中国社会科学院研究生院博士生导师兼湖南大学文学院名誉院长、特聘教授和多所大学客座教授，并担任国家哲学社会科学规划领导小组中国文学专家组组长。此外还担任中国当代文学研究会会长和名誉会长，中国文学函授大学校长，世界华文文学学会副会长和名誉会长，中国南社暨柳亚子研究会会长和名誉会长，中国丁玲研究会会长和名誉会长，中华孝文化协会会长。曾连续五届

张炯（资料）

---

[1] 资料来源：中国作家网。

被聘为国家图书奖评委，2005年还担任国家最高文学奖——茅盾文学奖评委会主任。1992年起享受国务院颁发的政府特殊津贴。著有评论集《文学真实与作家职责》《新时期文学评论》《文学的攀登与选择》《走向世纪之交》《文学的回眸与思考》《文学评论与对话》《文学多维度》，专著《创作思想导向》《新时期文学格局》《朴素·真诚·美》《毛泽东与新中国文学》《社会主义文学艺术论》《社会发展与中国文学》《迟开的梨花》，主编《中国当代文学讲稿》、《新中国话剧文学概观》、《新中国文学五十年》、《新中国文学史》（两卷）、《中华文学发展史》（三卷）、《共和国文学60年》（四卷）、《新文艺大系·理论·史料集（1949—1966）》，与人共同主编《当代文学新潮》和《中华文学通史》（十卷）、《中国文学通典》（四卷）、《世界华文长篇小说丛书》（十二卷）。获中国当代文学研究优秀成果表彰奖多次，中国社科院最佳著作奖一次，中国图书奖一次，国家图书奖提名奖一次，鲁迅文学奖一次，并获剑桥国际传记中心授予的二十世纪成就奖。2011年出版《张炯文存》十卷，500万字，收有1958—2008年的作品和文学论著。[1]

廉首张族还出了一位传奇人物。

张幼铣（1922—2012年），又名郑重。早年就读福安县甗山中学，加入中共。民国27年（1938年），17岁的幼铣受组织之命考入桂林黄埔军校，毕业后参加抗日，同时长期潜伏在国军内部，为中共提供情报。曾任国军将领李良荣的副官和警卫营长。1949年李良荣任福建省主席兼国军第二十二兵团司令官，张为省府国防专员和兵团司令部参谋。这一年秋季，解放军第十兵团发动厦门战役，张幼铣为该战役的胜利做出特殊贡献。1952年，张幼铣被作为反动军官送往龙岩农场劳动改造，长达18年。"文化大革命"后，张幼铣的地下工作历史被组织上承认，因而获离休干部待遇，定居厦门。晚年奔走两岸，为祖国统一效力。2012年9月去世，享年91岁，享受副部职待遇。[2]

---

① 资料来源：中国作家网；张炯《我的简历》。
② 资料来源：福安市赛岐镇廉首村张氏支祠。

二 苏阳风雅

1. 地灵人杰

苏阳（苏洋）村地处赛江东岸，位于赛岐镇的南部，距镇区 5 千米，全村 1000 多户 5000 多人口，是闽东少有的大村落。村子依山面水，风光秀美，有沃野 2240 亩、农地山林 8000 余亩，是一个鱼米之乡。

苏阳村的历史可以追溯到五代时期。

已知最早迁居苏阳的是苏氏，村名因苏姓而来，村前的一段江流也因此称为"苏江"。据苏氏族谱记述，早在隋大业七年（611 年），光州固始县苏氏三兄弟惟忠、惟智、惟信为逃避战乱迁徙入闽。苏氏兄弟先暂居福州乌石山，后迁岙里（今康厝岙里），又转迁苏家坂（今苏坂）。后唐同光年（923 年），苏家坂瑞房派下苏子徽分迁苏家汰（今苏阳）。居五世，到北宋崇宁元年（1102 年），苏岳、苏嵩兄弟率族赴苏江对岸的塘江（今外塘）参加围海造田，不久干脆迁居塘江。

苏氏迁居苏阳不久，刘氏迁入。《苏江刘氏族谱》载，后唐天成年（926—930 年）肇迁始祖刘皈"以时事日非故，弃官归隐，由东洋（今周宁龙潭）而下，见苏江山水灵秀，甲于长溪，遂开创而卜居焉"。该谱有篇《苏江赋》，认为"苏江者，宸邑（福安县之别称）之巨里也……自唐宋以迄，昭代奕祀相承，此亦地灵之所征也。夫地灵则期人杰，吾梓名胜之区，山川景物不一而足，固游人学士所登览也"。

苏阳村在宋代就很有名气，是宋代梁克家《三山志》叙长溪县沿江里仅列的三个村落之一。史志上关于宋代苏阳的科举记录印证了它的社会发展水平。1986 年考古单位在这里采集到的宋代黑瓷兔毫茶盏，为我们想象当年苏阳的社会风貌和士大夫生活提供了有力的实据。

明清易代，这里出了个抗清英雄刘中藻。

刘中藻，字荐叔，号洞山，明朝庚辰（1640 年）进士，授行人（掌传旨、册封等事的小官）。当清军南渡钱塘，占领浙北之时，他即在闽浙边招募了一支由畲汉民族组成的抗清义军，义军人数达到万余之众，有着很强的战斗力。刘中藻率领这支义军转战闽浙，先后收复庆元、泰顺、寿宁、福安、宁德、古田、罗源七县。不久，鲁王航海至闽，刘中藻率众迎奉，并又收复福宁州（今霞浦县）和长乐县，"兵势大振"，鲁王晋升刘中藻为兵部尚书兼东阁大学士，督师阁部，成为反清复明的重要力量。

顺治五年（1648 年）十月，刘中藻再次克复福安县城，并将指挥部设在城西湖山之上，据城与清军对峙。清军为消灭刘中藻义军，多次以高官厚禄诱降，但他都凛然拒绝。清顺治六年（1649 年）正月，总督陈锦率十万清军，树栅列寨，将福安城围个水泄不通，抗清义军坚持了四个多月，"孤城食尽，外援陡绝"。刘中藻知事已无成，他也清楚每一地一县再度被清兵占领，必有一番大屠杀。为避免屠城悲剧在福安重演，就举册籍和家产致书陈锦，为民请命，然后自尽殉明。城破之后，清酋陈锦下令将已降的刘部将士全部斩杀，[1]史志记载"士为之死计九千七百余人"。[2]

除了刘中藻，苏阳还有两位同宗抗清英雄。刘捷秋，隆武（南明年号）间随军擢授兵部职方司郎中，与刘中藻同殉国难。刘思沛，刘中藻长子，当其父困守福安县城时他正被清军羁押在浦城狱中；刘中藻殉明后，思沛也慷慨就义。

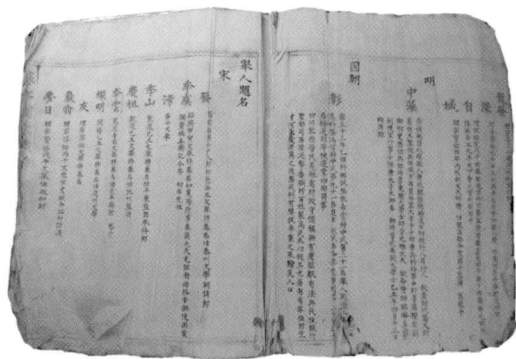

《苏江刘氏宗谱》（民国 28 年重修）一页

刘中藻殉明后，"顺治八年（1651 年）恩赦诏曰：'刘中藻乃明朝臣子，未受本朝爵禄，虽拥兵犯顺，实属各为其主，与谋反叛逆者不同，朕亦恻然。今赦其孤儿无罪，俾承伊后。'"[3]"雍正间，纂修《明史》，与钱肃乐、郑遵谦合传。乾隆四十一年（1776 年）赐通谥曰'烈愍'。"[4]因而有清一代，刘中藻的事迹按新朝的政治

---

① 据靖南将军陈泰等题为收复福建福宁等府县事本，见陈支平主编《台湾文献汇刊》第一辑第六册。
② 黄云师《刘中藻忠烈传》，见清光绪《福安县志》卷之二十二。
③《名人传·忠义》，见《苏江刘氏族谱》民国 28 年重修本。
④ 清·张景祁《福安县志》卷之二十二《人物》。

需要和宣传口径得以宣扬，其著述《洞山文集》《葛衣集》（诗集）也得以传世。

刘中藻在国难降临之际，以文人之躯聚部起兵，英勇抗战，虽殒身殉国，在所不辞；在历史上产生了很大的影响，成为福建省的爱国名人之一。

2. 文教名村

苏阳刘姓在闽东历史上以文教著称，历代科名不息。据明万历《福安县志》载，早在五代时期，就有刘茂因"贤良硕德"受荐辟入朝为官，累官至兵部尚书兼文明殿银青光禄大夫。有宋一代苏阳村共有进士 13 人，再加上特奏名 8 人，释褐 4 人，武举 7 人，宋代苏阳获得重要功名人数占当时福安全县相应功名总人数的 18%。此外还有荐辟 2 人，皆官拜御史，相当今天中央监察机关的官员。

在浓郁的耕读文化氛围中，宋代苏阳还走出了一个文武双全的奇才刘必成。刘必成，字与谋，自号爱闲翁，祖籍福安苏阳。南宋初，刘必成 16 岁时举家迁至昆山溢浦（今江苏昆山千灯镇），曾到京城临安的国子监从师求学。嘉熙元年（1237 年），朝中正直之士看到南宋朝廷日见衰颓，忧心如焚，其中七人在刘必成的倡议下，联名上书朝廷，抨击时弊，要求变革现实，富国强兵。这一年，刘必成武举第一；第二年"魁天下"，成了武状元。刘必成兄弟、叔侄共有 4 人为武进士，是当时有名的武举之家。淳祐九年（1249 年），必成以在职官员的身份参加"锁厅试"①并中了进士。刘必成文武双全的名声由此大震。他曾经两度入阁参议边关军事，其见解得到理宗皇帝赵昀的赏识和采纳，受到表彰。必成后担任浔州、湖南的安抚副使，著有《三分诗集》。②

元朝苏阳荐辟 1 人，任福宁州蒙古译史官。明清时代，中央政府大大缩减了各榜的进士名额，因而也大大提升了中等级别功名的"含金量"。据县志载，明朝福安县共有 7 名进士（最后一名进士是抗清英雄刘中藻）、41 名举人（内

---

① 清·袁枚《随园随笔·锁厅》："宋，现任官应进士试曰锁厅，言锁其官厅而往应试也。"
② 明·陆以载《福安县志》第七卷《人物志》。

武举人 1 名）、贡选①182 人，其中苏阳进士 1 人、举人 2 人，贡选 17 人。清朝福安县共有 10 名进士（内武进士 2 名）、34 名举人、29 名武举人，其中苏阳进士 2 人（内武进士 1 人），举人 2 人，武举人 3 人。苏阳村的科举成就在县内总是遥遥领先。村里刘氏支祠大门有这样一副对联——"明清大夫第，唐宋缙绅家"，概括了苏阳这个文教名村的昔日辉煌。

苏阳人历来尊师重教。明代村里就设立了苏江书院。从民国至今，百余年间苏阳一村就出了 500 多名大学生、数百名中高级专门人才，是闽东著名的学村。

3. 胜迹风物

苏阳村历史悠久，人文荟萃。但在 20 世纪 60 年代"文化大革命"的"破四旧"中，这里成了重灾区，许多珍贵的文化胜迹遭到史无前例的毁灭性破坏。现在虽然尚存一些文物，但多是劫后余生的部件或残骸，较有规模而且比较完整的文物已经很少。

苏阳刘氏支祠

近年人们对部分遗址进行了修复和重建，作为替代物在一定程度上缓解了人们怀古思旧的情感需求，但毕竟已经不是真正意义上的文物。

（1）旧祠堂、古碑和牌坊

村子临江处有一座刘氏支祠，仪门两边有这样一副旧对联，概括了这里的形胜和文采：

潮来苏水腰金带，
春到芹山衣绿袍。

---

① 古时州郡向中央举荐选拔的人材。《明史·选举志一》："明制，科目为盛，卿相皆由此出……进士、举贡、杂流三途并用，虽有畸重，无偏废也……以贡选为正流……贡选不限拨期，以积分岁满为率"。

祠堂仪门前侧有一个碑座,碑身已在"文革"中被毁,不知上面都记录了什么。两边门墙还各嵌有一面记录祖业和祀产分布的古碑。

村里还有一处古代牌坊的残骸,寂寞地躺在地角。查光绪《福安乡土志》,中有"进士坊,在苏洋。绍兴十八年为刘季裴立"的记载。

(2)与刘必成相关的文物

屏风山麓,苍松翠竹掩映着一处幽静的古刹,这就是蕴(韫)玉禅寺。关于这个佛寺本书在第六章第二节已经有过叙述,此处不再赘言。

苏阳村通往蕴玉寺的山径之间有一座路亭,旁边横着一块床形巨石,乡亲们称为"刘必成读书石",传说刘必成未仕前常在其上读书、休憩,颇有灵气。

顺着山径下行不远,有一座石拱桥,这就是"溢桥"。桥下是一道山涧,流水淙淙,尤为清冽。刘必成曾作过一首《溢桥歌》,中有"世间俗眼所宝不足宝,我有胸中明珠万斛光皎洁"句,表达了少年刘必成的高远志趣;该诗作明清两朝的《福安县志》和《苏江刘氏族谱》均有收录。

刘必成读书石

溢桥边上有一面古碑,不知立于何时,字迹难辨,隐约可知是为捐献银两的信士立的功德碑。

《苏江刘氏族谱》录有一首刘必成的《登鳌峰》诗,表达了少年作者的高远志向。今鳌峰顶立有该诗作的刻石。

> 一上鳌峰望四维,回头已觉白云低。
> 遥观巨海砚中水,俯仰群山足下泥。
> 酒罢扶筇登石望,诗成把笔仰天题。
> 这回欲步蟾宫去,万里云程不用梯。

(3)与刘中藻相关的文物

苏阳村里流传着许多关于抗清英雄刘中藻的传奇,还存留两处纪念他的建筑。

一是刘中藻的祖屋,位于村西的"众厅"旁边,两进三间。房子并不气派,

刘中藻祖屋的门亭

没有围墙和门楼，而且已经非常老旧，迄今仍有同族后人在这里居住。近年当地政府为了宣传刘中藻，将通往祖屋的村路拓宽，铺设平整的砼路面，名为"中藻路"。路的另一头直通到江边码头。

另一处是村北虎尾山脚的中藻墓，规模比较大，用三合土包饰。刘中藻殉明后，乡亲们将他的遗体安葬于此，在他的墓宅镌刻"忠媲文山"四个大字；两侧一副对联，将他与明末抗清英雄史可法、黄道周并称：

一旅奋孤忠为浙水闽山光恢七邑，
三朝褒大德与道周可法共仰千秋。

（4）天主教堂

天主教传入苏阳迄今已有百余年。天主教传入后，与传统文化从不相适应到逐步适应，如今苏阳村的天主教人口有五百多人，约占全村总人口的十分之一。

村里有一座小教堂，始建于清末。几经变迁，现教堂为近年重建，位于村委会办公楼前操场旁边。教堂小巧亮丽，高耸的尖顶、分层列柱式的钟楼和洁白的墙体，富有哥特式建筑的美感。

（5）观光果园

苏阳古村，沃野平畴，土肥水美，自然条件优越，种植农业是苏阳的传统产业。20世纪50年代以后，苏阳人民和全国农村一样，经历了土地改革、合作化、人民公社化、农业学大寨等运动，到20世纪80年代终于挣脱了束缚，走上了因地制宜、自由发展的大道。改革开放以来，苏阳人大力发展特色农业，大面积种植水果和蔬菜，把苏阳村变成远近闻名的花果村。苏阳的水果品种达20多种，有葡萄、东魁杨梅、水蜜桃、龙眼、枇杷、橄榄等；水果种植面积达万余亩，其中巨峰葡萄2000多亩，东魁杨梅3000亩。

苏阳人充分发挥自身优势，利用本地自然和人文景观资源，发展观光农业，招引各地观光客到此"品特色水果、游好山好水"。

三 长岐船业

1. 长岐船缘

长岐村位于赛江的东岸，距赛岐镇区 6 千米。村子倚山面江，土地平旷，田园秀错，风景佳美。村民主要以务农和造船为业。现有 6 个村民小组，共 226 户、约 1000 人。

长岐主姓尤。据民国 34 年（1945 年）重修的《长江尤氏族谱》记述，"事考尤氏系出吴兴，由文简公衮自南宋时肇迁鉴江（属罗源县），至廷客公系由鉴江再迁长江，至今已传二十余世。"据 2009 年编印的《天下尤氏源流》，福安长岐尤氏支祖廷客公于明嘉靖间（1522—1566 年）自鉴江迁长江（长岐）为开基始祖，迄今近五百年。

农耕是长岐的传统产业，明万历福安县志就有"长崎圩"的记载。长崎圩是今天长岐临江海堤的前身。这条历史悠久的 3 千米堤堰，几百年来一直忠实地护卫着堤内的村落和 400 亩良田，使长岐成为一个鱼米之乡。

作为一个濒江村落，长岐及周边有许多独特的美景让人流连。尤氏族谱收录了许多描写长岐美丽的水乡风光和风土人情的组诗，有"长江八景""东台八景"和"续长江八景"等。"八景"有多种说法，较有代表性的如长江晚照，屏嶂朝云，双龟朝斗，五马行春，莲峰雾雪，虎岫明霞，疏林月影，渡口渔灯等。有关"八景"的诗作像是一幅幅美丽的风俗画，充满诗情画意。下举两例，均选录自民国 34 年（1945 年）重修的《长江尤氏族谱》（李经文撰修）。

> 长江渡口已黄昏，难得渔灯照浦源。
> 近艇翁随收网缆，远舟客趁返家门。
>
> （李章甫《渡口渔灯》）

> 日落村江暮色融，归帆放棹趁斜风。
> 夕阳倒影波心见，万丈光芒两岸红。
>
> （尤万铨《长江晚照》）

长岐村以造船闻名，该村有文献可据的造船历史可追溯到明朝嘉靖年间。

新落成的尤氏宗祠

明朝早期，国家实行食盐专卖，规定经营商必须购得官府颁发的盐引（食盐的专卖文凭）到指定的盐场取盐，并运到指定地区零售。明嘉靖（约16世纪上半叶）以后，明政府对盐政制度进行改革，改变食盐的传统运输方式，革除包装通例，改行用船舱散装，"踩踏平满，用铁锁较量明白"。[①]此法简便易行，但对运盐的溪船提出了标准化要求。为了制造"一式溪船"，当局对不同型号船的阔、长、深都订立了严格的标准。新制先从黄崎盐运分司开始。三年后即嘉靖十九年（1540年），盐运分司迁往长岐，[②]建造标准化溪船的业务随即转移长岐。

长岐盐运分司负责监管福建东路的盐引，整个闽东的盐业仓储、营销、派运都在它的职责范围，长岐村成为闽东盐商关注的焦点。旧时闽东内陆物资主要依靠水运，盐运分司的设立给长岐村的造船业带来了千载难逢的好时机。

明中叶以后，福建境内私盐开始泛滥，盐商为争取更大的经济利益，在赛江和三沙湾海面大肆进行食盐走私活动，私盐因而泛滥。私盐的贩运需要较多质量上好的木船，从而又刺激了长岐造船业的发展。盐商甚至还私造哨船（一种中型的兵船），称为"商哨""盐哨"，这些哨船不论是数量、体式还是性能、装备等方面都与官府兵船匹敌，足以同官艚、民艚抗衡。

2. 船寮春秋

（1）造船人家

作为闽海著名的船寮村，长岐的民间船寮始于何时，典籍中没有记载。据长岐尤氏十九世孙、福建省中正实业集团董事长尤长荣先生的讲述，长岐尤氏

---

① 明·林烃等撰《福建运司志》卷十三《奏议志》。

② 明·陆以载《福安县志》第一卷《舆地志·镇市》："嘉靖十六年（1537年），徙建盐运分司（于黄崎），监东路盐引；嘉靖十九年（1540年）迁上长崎。"

义房到他这一代已经连续七代人造船，算来当在乾隆年间（1736—1795年），迄今已二百多年。

民国是长岐船寮的黄金时期。尤氏三兄弟德铨（1899—1986年）、德慈、德维都善于造船，尤其德铨是造木船的高手，在赛江造船行业中声誉很高。当时民间有一种说法，"长岐德铨，外塘铃铨"，称赞长岐的尤德铨和外塘的苏铃铨造船技艺盖赛江。

旧时的木帆船没有安装机器，行速较慢。尤德铨由于造船技术高，船体的流线型处理得好，所以他造的船行速特别快；艒艚船同样从官井洋回来，他造的船都要比别人造的船提早半个时辰甚至一个时辰到家。福建、浙江和江苏沿海许多船东都慕他的名前来造船。

德铨15岁学艺，继承祖业，青壮年时已经技艺超群。他身材高大、壮实，别人使的斧头是四五斤，他的斧头却重六七斤。他的两个亲弟弟和七八个堂兄弟，个个人高马大，都是造船好手。他不但自己手艺高强，而且还善于掌班。长岐船寮人数多时达到三五十人，造船师傅除了尤家兄弟叔伯，还有许多是从外地招聘来的。

长岐船寮造的船主要有溪利、渡船、毛缆、透垛、长艚等船型，按船舶用途来分，主要是生活用船、运输货船和渔船。这些木船有大有小，大型木帆船可达50吨位以上。

旧时赛江各船寮都很忙，长岐船寮每年都要造三五十艘大小不等的木船。除了建造外地沿海的大船外，更多的是造本港本澳渔民、船民的木船；木船的使用期一般只有十年，所以光连家船民的船就造不完。不但下都，上都的船民虽然主要在上半县的溪河"讨食"（讨生计）但是他们的船也都是在下都的船寮修造。全县有多少户船民就有多少艘木船，而且不断次第更新，使长岐船寮长盛不衰。

（2）造船习俗

旧时长岐村的船寮就设在江边，紧挨两棵大树。寮顶用瓦片遮盖，工匠们

长岐古村的街巷

长岐村至今还延续着古老的木船修造工艺

就在寮里造船。寮边的两棵风水树，都有好几百年的历史，一棵是樟树，另一棵土话叫做"蠓仔树"，又叫"妹姆树"；两棵树都是枝繁叶茂，为在树阴下辛勤的造船人遮阳、拦风、挡雨。其中的"蠓仔树"，人们把它称作"菩萨"。（图片见本书第128页）这尊"菩萨"没有塑像，也没有"神榜"，只有一个香炉，每月朔望，尤氏族人都要来这里上香敬拜，祈福。

长岐船寮还有许多民俗活动，与造船直接相关的主要是四次祭祀。

第一次是"起工"。由船主人择吉日良辰举行开工仪式，造船人家都到大树底下敬拜树神，烧金纸，求菩萨保佑造船顺利，日后平安。

第二次是"定稳"，也就是安装"龙骨"。龙骨是木船的"脊梁"，最为要紧，丝毫马虎不得；龙骨安装完毕，必须举行祭祀，求神明保平安。

第三次是"钉斗头"，"斗头"就是船头的横梁。船在大海中迎风破浪，船头首当其冲，必须十分坚固。祭祀的意义都是为了祈求日后的平安。

最后一次是"下水"，最为隆重。木船做好后下水前，船主人准备好酒席供奉神明，酒料全部是上等海鲜，祀妈祖神和当境土主，求保平安；还到江边金银两将军庙求进财宝。

祭祀结束，宴请、酬劳造船师傅。然后在鞭炮声中大家欢欢喜喜、和和美美地送新船下水。

3. 现代船业

20世纪50年代合作化以后，政府不允许个体经营船寮，长岐的造船业改归集体，家族式的船寮不复存在，取而代之的集体办的船厂。

1980年代以后长岐村发生了很大的变化，民营船业重整旗鼓。赛江民营造船企业开始发展，长岐成立闽东富海船舶修造厂，开展铁壳船的修、造、拆解等业务。1988年，长岐造船人与他人合伙办起了福建第一家民营造船企业福安县赛江造船厂，并造出了第一艘铁壳船"富海油1号"。

赛岐镇域现有11家民营船舶企业，有6家设在长岐，其中福建省长兴船舶重工有限公司堪为代表。

长兴船舶重工是中正实业集团旗下一家以建造和维修海洋工程船舶为主的民营企业，成立于2005年。2007年公司通过了国家一级二类钢质船舶建造资质认证、ISO9001-2000国际质量管理体系认证和ISO1400国际环境质量体系认证，2009年又通过了GB/T28001—2001职业健康安全管理体系认证；同时与国内重点科研单位、高等院校和知名船舶企业合作，重视技术和产品结构升级，改进造船工艺，跟上世界先进步伐；以"壳舾涂一体化"区域造船法替代传统的造船方法，所造船舶普遍采用新规范、新标准，产品被评为"国家重点新产品"。年造船能力10万吨，可承接国内外各类船舶修造业务。

公司从2005年至今，为国内外多家企业建造海工船、油轮、散货轮、集装箱船等多种类船舶。其中自行设计、建造的"舟山大润"号挖泥工程船每次淘起量达27立方米，迄今仍为福建乃至全国的挖泥工程船之佼佼者。2010年交付

福建省中正实业集团长兴船舶重工有限公司大门

使用的6000马力多用途拖船，浅吃水，大吨位，具破冰、拖带、救助、消防、补给等功能，是一艘集现代造船技术和高附加值为一体的船舶。2010年还交付了一艘17000吨集散两用轮。2013年交付2艘多用途集装箱船，1艘"陆岛车客渡轮"和3艘5700吨多用途集装箱船。2014年为福建省亚瑞海洋工程有限公司建造的海洋工程船"川宏68"下水，该船载重量4200吨，具有海洋打捞、海上建筑构件吊装、港口河道疏浚三大功能，具有国内目前最大的疏浚能力。2013年，长兴船舶重工有限公司被福建省有关部门公布为第一批省级海洋产业龙头产业。2014年，长兴公司与福建省东南造船厂建立合作关系，实现船舶建造的资源共享、优势互补和转型升级，该公司因而也形成了更强的产业带动力和核心竞争力，被确定为宁德市（福安）军民融合深度发展产业园战略规划单位。

长兴船舶重工的作业区一瞥

后 记

2014 年新正开笔，中共福安市委宣传部领导就交给笔者一项任务：写一本关于赛岐的书，展示这个名镇的历史文化，要求图文并茂，篇幅适中，并要求尽快拿出初稿。

得令之后笔者便开始了这本书的构思。经过反复思考，先编制出全书的框架目录，连同"赛岐纪事"书名送交宣传部审定，同时征询赛岐镇的意见，获得认可之后就动手做了起来。

笔者为本书的写作确定了如下原则：着眼历史，兼顾现今，聚焦文化，突出工商，关注细节，彰显个性；通过丰富的文史资料，讲述赛岐的地域风貌和人文传统。并且提醒自己，这本书不是地方志，无须面面俱到，但必须凸显文化特色和历史精彩；也不是纯文学作品，不能为了表现主题的需要进行虚构和编造，但必须注重文本的可读性。这些都得到宣传部领导的认可。

言必有据、实事求是是社会科学研究的"硬道理"。西哲有言："使人们宁愿相信谬误，而不愿热爱真理的原因，不仅由于探索真理是艰苦的，而且是由于谬误更能迎合人类某些恶劣的天性。"①这里的"真理"，英文作"truth"，本义是"事实"和"真相"。在此意义上说，没有"真相"就没有"真理"，"热爱真理"就是"热爱真相"，"探索真理"就是"探索真相"。

为了不被虚假信息绑架，以致传播假知识、制造假文化，我们首先必须做的是远离伪俗，拒绝戏说。为此，本书作者对搜寻到的全部可能采用的素材都进行了认真的鉴别，去伪存真，去粗取精，力图用丰富而可靠的文史资料，对赛岐的历史特别是一些被岁月尘封的鲜为人知的过往珍闻，进行尽可能接近事实真相的讲述。

除了查阅史志古籍和档案文书，田野调查是获取第一手资料的基本手段。调查的重点在于收集新的、别人没有发现过的材料，或者从别人没有调查研究过的方面进行调查，或者对已有说法的疑窦进行甄别性调查。这一些工作都非常辛苦，却非常重要。

---

① ［英］弗兰西斯·培根《培根论人生》，上海人民出版社 1983 年版，第 1 页。

除了寻访遗址、碑刻和古建筑等外，工作重点是寻找、查阅民间文献，尤其是重点村落重点族姓在历史过程中形成的谱牒。

各族姓存留至今或在旧谱基础上续修的谱牒，作为该宗族的档案材料基本上真实地保存了本族的世系繁衍和相关活动的大量历史信息，蕴藏其间的丰富史料，为官修史志所难于悉纪。当然，各谱牒出于宗族利益的种种考虑和显耀门庭的诱惑，伪俗之风在所难免，因而我们在使用谱牒史料时必须清醒地严格甄别真伪，不可全信也不可全疑。

在赛岐镇的协助下，笔者寻访到如下谱牒：

詹厝《赛江詹祠族谱》，民国 17 年重修本；

杨厝《屿崇杨氏宗谱》，嘉庆十五年重修本；

王厝《赛江芳山王氏族谱》，民国 14 年重修本；

廉首《廉首高氏族谱》，道光十七年重修本；

廉首《廉江张氏族谱》，民国 32 年重修本；

狮子头《苏浦陈氏宗谱》，道光十八年重修本；

苏阳《苏江刘氏族谱》，民国 28 年重修本；

长岐《长江尤氏宗谱》，民国 34 年重修本；

下浦《坡林陈氏宗谱》，民国 37 年重修本；

江兜《曲江林氏族谱》，1985 年续修本；

小盘《小盘张氏宗谱》，1962 年续修本；

下长岐《长岐林氏宗谱》，1996 年续修本；

大叶《大箬林氏宗谱》，民国 2 年重修本；

大叶《大鹤翁氏宗谱》，民国 3 年重修本等。

此外，本书还利用了一些非赛岐镇的谱牒资料。如：

甘棠《里街郑氏宗祠总谱》，1988 年重修本；

甘棠《棠江济南林氏宗谱》，民国 30 年重修本；

六屿《六屿林氏西河族谱》，光绪元年重修本；

湾坞《凤墺中山刘氏族谱》，民国 35 年重修本；

湾坞《湾坞赵氏谱系》，道光五年重纂本；

溪尾《才良关西杨氏宗谱》，2003 年重修本；

溪柄黄澜《澜江薛氏宗谱》，道光二年重修本；

上白石佳浆《云湘王氏宗谱》，1950 年重修本；

霞浦县沙江《大坪苏氏族谱》影印资料等。

以上民间文献为本书的写作提供了丰富而珍贵的历史素材，其价值主要体现在族姓的源流和迁徙、重大历史事件的细节、区域社会的历史风貌、一些人物的生平等等，关系到移民史、地方史、社会史等社会科学的许多方面，而这些珍贵的史料正是写作这本《赛岐纪事》所必须的。

由于客观原因，笔者尽管已经尽了努力，依然无缘亲近一些村落族姓的谱牒原本，这些村落族姓的历史信息由有关宗祠提供，其真实性和准确度笔者无法把控。

民国是赛岐经济社会发展的重要时期。书中关于民国时期的工商、经济、行会、金融、航运等方面内容，主要取材于民国时期的文献史料和福安市档案馆藏民国档案；同时参考新时期编修的志书和地方政协的文史资料等，以及当事人或知情人的讲述。

本书对资料的使用持审慎态度，对非第一手资料和口述回忆资料的采用尤其慎重，并遵循学术规范，注明资料来源和出处，以尊重他人成果，明晰文字责任，同时也方便读者查考。

《赛岐纪事》作为福安历史文化丛书之一，它的写作和出版始终得到中共福安市委宣传部的关注和支持。在资料采集和田野调查中得到赛岐镇和其他有关部门的积极支持和配合，得到村干部和乡亲们的有力帮助。

本书初稿完成于2014年12月。中共福安市委宣传部组织有关单位对书稿进行审读。参加书稿审读的单位有：福安市委宣传部，福安市赛岐镇党委、政府，福安市文化体育新闻出版局，福安市地方志编委会，福安市民族与宗教事务局，福安市工商界联合会，福安市老科技工作者协会等。

笔者谨此向关爱《赛岐纪事》的领导，尤其是赛岐镇党委、政府，以及所有为这本书的写作提供帮助的朋友，表达由衷的敬意和谢忱。

由于主客观原因的制约，书中不足与欠当之处在所难免，希望读者不吝批评指正。

李健民

2015 年 3 月